KB068556

촛불 하나

한 반도

두산아 지리산아 우리는 왜
두대간 맥을 따라 올라가지 못하나?
진강아 한강아 우리는 왜
나의 물길 따라 내려오지 못하나?
리 민족 팔천만의 염원
리 민족 팔천만의 희망
리는 하나~~ 우리는 한민족~~

리는 무엇을 위하여 싸워야 했는가
리는 누구를 위하여 싸워야 하는가
느 누가 우리의 터전을 갈라놓았나
느 누가 우리의 정신을 갈라놓았나
리 민족 팔천만의 염원
리 민족 팔천만의 희망
리는 하나~~ 우리는 한민족~~

반도의 전쟁은 누구도 승리자가 될 수 없어요
것은 동포의 심장을 찢어놓을 악마의 선택
제는 모두가 손잡고 미래로 함께 가야 할 시간
손에게 더 이상 분단의 아픔을 주지 말아요
리 민족 팔천만의 염원
리 민족 팔천만의 희망
리는 하나~~ 우리는 한민족~~

이 글을 쓰게 된 이유〉

반도의 척추인 백두대간이 철책에
해 반으로 잘리어 올라가지 못하고
반도의 물줄기 임진강과 한강은
줄기로 흘러오는데 뱃길은 막혀
려올 수 없음이 너무나 안타깝게
각되어 이 글을 썼습니다.
디 한반도의 평화통일이 성사되어 한민
모두가 부강해지고 행복해지는 자유 민
주의의 나라가 되길 염원합니다.

촛불 하나

경찰관의 시점에서 사회적 문제점을 제시하다

김민식 지음

마음이 훈훈한

따뜻한

마음으로 살고 싶다

사람들과

바른북스

경찰관은 우리 사회에서 분노한 사람, 억울한 사람들을 어느 직종보다 많이 상대한다. 그러다 보니 때로는 그들로부터 그들만큼 스트레스를 받을 때가 많다. 하지만 경찰관이기 때문에 이를 불평하거나 거부하지 못하고 그 사람들의 입장을 충분히 들어주고 달래서 흥분된 상태를 진정시킨 후 사건처리를 하든, 화해를 시키든 분쟁을 해결해야 한다. 그래서 어느 제약회사 광고처럼 이 땅에 경찰관으로 산다는 게 무척 힘들 때가 많다. 그리고 어느 사회학자가 말하기를 경찰관은 감정 노동자라고 하였는데 그 말이 맞는 것 같다. 우리 사회의 구성원 중 경찰관의 시점에서 보는 사회적 문제점들이 어떤 것들이 있는가를 제시하여 사회구성원 모두와 지혜를 모아 합리적 해결책을 도출하여 이를 시정함으로써 조금씩 모두가 더 행복해지는 우리 사회가 되었으면 하는 마음으로 나 또한 내 주변에 길을 잃고 방황하는 사람들에게 미약하나마 길라잡이가 되고 싶은 마음으로 마음의 촛불 하나를 들었다. 나는 내 인생에서 가장 크게 영향을 미친 34년의 긴 세월 동안 많은 일들을 겪으면서 그동안 가슴에 담아두었던 소회를 글로써 남겨놓고 싶어 이렇게 펜을 들었다. 세상에는 힘든 일이 닥쳤을 때 두 부류의 성향이 나온다. 하나는 여유롭고 차분하게 처리하는 사람과 다른 부류는 당황하여 조급하게 처리하다 일을 더 복잡하게 만드는 사람도 있다. 나는 전자의 길을 가고 싶다. 자신이 살아온 경험을 기억하는 자는 여유롭다. 인간의 기억엔 한계가 있기 때문에 기록을 하지 않으면 언제나 새롭고 당황스러워 같은 실수를 거듭한다. 그래서 나는 그때그때 글을 쓰는 습관이 있다. 글을 씀으로써 나름대로 분석도 하고 뇌가 기억하고 있는 조각 조각을 하나씩 정리를 하다 보면 한눈에 알아볼 수 있는 큰 도면이 완성되듯 이해가 빨라진다. 이런 습관 때문인지 근무 중에 남들보다 조금 빠른 판단을 할 수 있었던 것도 사실이다. 이제 남은 1년 마지막 제복을 벗는 그 순간까지 경찰관으로서 당당하고 인정이 많았던 사람으로 후배들에게 기억되고 싶은 것이 나의 작은 소망이다. 그리고 나의 주변에 어둠에서 빛이 필요한 사람이 있다면 작은 빛이 되고 싶다. 어려울 때 서로 빛이 되어줄 때 공동체 의식이 생기게 되고 행복 지수가 높은, 그래서 그 마음들이 합해져서 우리나라가 세계적으로 가장 살고 싶어 하는 나라가 될 수 있으면 하는 간절한 마음이다. 끝으로 많이 부족한 저에게 책을 내보라고 권장해 주신 문화의 병 작가단 여러분의 격려 말씀이 큰 힘이 되었고 용기를 얻게 되었습니다. 그리고 지난 34년 경찰관으로서 희로애락을 함께했던 경찰 동료 선·후배님과 저와 옷깃을 스치며 소중한 인연을 맺은 많은 분들에게 건강과 건승을 기원하면서 감사의 말씀 올립니다.

Police Life 추억의 순간들

어느 중경(中年警察)의 퇴근길

늦은 밤 퇴근길, 유난히 무덥고 길게 느껴졌던 여름의 끝에서 차창을 열고 다시는 올 것 같지 않았던 가을 밤바람의 신선함이 코끝에 부딪히며 온몸에 전해진다. 유달리 무더웠던 올여름인지라 이제는 무더운 여름 갑옷을 벗어놓을 수 있다는 기대감과 풍성한 결실의 계절이 오고 있다는 생각에 가녀린 실바람에도 무더위로부터 해방감에 짜릿한 전율이 느껴진다. 유난히 더웠던 올여름 무더위를 무탈하게 잘 견디어 낸 나에 대한 보상심리 때문인지, 스스로에게 고생했다며 온순해진 밤하늘을 흐뭇하게 바라보다가 우연히 올려다본 백미러에 비친 내 얼굴. 조금은 힘든 하루였지만 내 자신이 결코 위선에 흔들리지 않았고 지구대의 팀장으로서 당당하게 하루를 보냈음에 저절로 흐뭇한 미소를 짓는다. 지난 30년의 경찰관으로서의 세월 그리고 남은 4년, 나름대로 세상 우리 사회의 어느 부분에 빛이 필요한 사람들을 위하여 촛불 하나를 들고 있다는 생각에 마음이 뿌듯했다. 늦은 밤 퇴근 시간 즐겨듣던 라디오 채널에서 들려오는 MC의 목소리 "여러분 오늘 하루 고생 많았습니다. 그리고 오늘 하루 후회 없이 보내셨나요? 그럼 소리 질러보세요. 당당하게 외쳐보세요. 여러분 모두 파이팅!!!입니다." 나 또한 나도 모르게 큰소리로 파이팅을 외쳤다. 거짓으로 얼룩진 비굴한 생각들은 본인에게도 늦은 밤 긴 터널처럼 불안감과 고통을 준다. 그래도 세상은 아직 기도하는 간절한 마음으로 삶을 살면서 자신의 몸을 태워 서로의 어둠을 밝히고자 촛불처럼 살고 있는 사람들이 더 많다는 생각에 꿈과 희망을 가져본다. 조금은 피곤하겠지만 나 또한 어두운 곳에서 빛을 필요로 하는 사람과의 만남을 위하여 작은 촛불 하나를 들고 그들의 애환을 들어주고, 그들에게 작게나마 도움이 되는, 마음이 따뜻한 사람으로 훈훈하게 살고 싶다.

원하는 삶

사람은 세상에 태어나면서부터 수많은 사람들과 만난다. 처음 엄마와 만나고, 형제들과 만나고, 학교에 들어가면 친구들과 만나고, 직장에서는 동료들을 만난다. 그리고 그 만남 속에서 그 사람의 성격이 형성되고 거의 레벨이 만들어진다. 우리가 원하든, 원하지 않든 그 사람의 운명이 결정되는 것처럼 보일 수 있다. 그러나 꼭 좋은 환경에서만 행복하고 원하는 삶을 사는 것은 아니다. 지구대에서 근무하면서 누구라고 말하면 대부분이 알만한 인사가 고등학교 다니는 아들이 자꾸 사고를 치자 아버지가 "우리 집은 너만 아니면 속 썩을 일이 없다."면서 체념한 듯 나무라는 걸 본 적이 있다. 그런데 내가 그 아들과 조용히 이야기를 해보았는데 문제는 부자지간에 대화가 거의 없다는 것이었다. 오래전에 정주영의 자서전을 읽은 적이 있다. 강원도 아산리에서 초등학교를 마치고 부친의 소 판 돈을 몰래 훔쳐 무작정 상경했던 현대그룹 정주영 회장은 우리나라 경제 대통령으로서 불굴의 신화를 쓴 영웅이다. 시골 가난한 농부의 아들로 태어났던 청년 정주영이 그 힘든 시간들 속에서 이탈하지 않고 우리나라의 경제 대통령으로 우뚝 설 수 있었던 이유는 "새벽마다 정한수 떠놓고 자식들을 위하여 빌던 어머니를 생각하면 헛되이 살 수가 없었다."라는 회고의 글을 읽은 적 있다. 우리는 자녀들에게 경제적으로 많이 남겨주지 못하는 것을 미안하게 생각할 것이 아니라 아들, 딸이 진정 원하는 것이 무엇인지를 파악해야 할 것이고, 혹시 내가 원하는 것을 자식들에게 강요하고 있지는 않은지 잘 돌아봐야 할 것이다. 그 순간부터 애들은 고통 속에서 부모와 마음의 문을 닫아버리고, 가족과 멀어지고, 사회와 등지려 할 것이다. 우리는 그들이 진정 원하는 삶을 열심히 살도록 묵묵히 기도하는 마음으로 지켜보면 된다. 그럼 그들도 부모의 마음을 가슴으로 이해해 줄 날이 올 거라고 믿고 기다려 주어야 한다. 그 이유는 그들이 그들 인생의 주연이고 부모는 조연에 불과한 이유이다.

소중한 시절

비 갠 오후 문득 창문 너머 하늘을 보니 에메랄드 같은 파란 하늘이 나의 가슴을 뛰게 한다. 엄마 구름 아기 구름 손잡고 뭉게뭉게 가는 모습이 나의 어린 시절 추억을 연상케 한다. 나는 5남매 중 막둥이였고 부모님이 서울에서 장사를 하셨기 때문에 나는 초등학교 입학을 위하여 8살 때부터 20살 터울인 엄마 같은 큰누나 보살핌 속에 전주에서 초등학교를 다녔다. 큰누나는 동네에서 이쁘다고 소문날 정도였는데, 나에게는 호랑이 같은 호랑이띠 누나였다. 많은 동생들을 보살펴야 했기에 나름 사나워질 수밖에 없지 않았나 싶다. 그리고 한 달에 한 번 엄마는 서울에서 내려와서 이틀을 자고 다시 올라가셨다. 엄마가 내려온 첫날은 천국이었고 둘째 날은 슬픈 이별을 생각해야 할 지옥이 기다리고 있었다. 지금도 기억이 선명하다. 초등학교 2학년 때 내가 밖에 나가 있는 시간에 엄마가 나 있을 때 올라가면 내가 울고 떼쓰니까 좀 일찍 서둘러서 고속버스 터미널로 가는 시내버스를 타고 가시는 것을 발견하고 "엄마! 엄마! 엄마!" 목이 터지라 부르면서 버스를 뒤따라 가다가, 비포장도로 돌부리에 걸렸는지 넘어지면서 팔꿈치가 바닥에 쓸리며 피가 났다. 아파서인지, 슬퍼서인지 한참을 비포장도로에 쭈그리고 앉아 울었다. 그런 시절이 있어서 그런지 지금도 난 슬픈 노래, 슬픈 영화를 보면 부끄럽지만 눈물을 참지 못한다. 나의 어린 시절은 부유한 환경에서 자라지 못했다. TV 시청을 위해 외갓집에 2km를 걸어서 다녔다. 작은누나가 점심 식사로 나온 빵을 나에게 주어서 맛있게 먹었던 기억이 있다. 참 힘든 시절이었고, 어머니의 정이 그리운 시간들이었다. 지금 생각해 보면 나는 어린 시절에 일찍이 학생 신분으로서 하지 않아도 될 고된 일을 많이 했고, 일찍이 그리움을 알게 되었으며, 나에게 주어진 힘든 환경에서도 어떤 일탈행위도 하지 않았던 것은 어린 나이에 일찍이 어머니의 진심을 잘 알고 있었기 때문에 그래도 잘 견디어 낼 수 있었던 것 같다. 비록 부유한 환경은 아니었지만 지금 생각하면 순수했고 시리도록 찬란했던 시절이 있었다. 그 당시에는 조금은 힘들었고 그리움으로 가득한 시간들이 많았지만 그만큼 나의 정신적 내성을 키웠던 소중한 시절이었고, 행복했던 시간보다 더 길고 외로웠던 시간들마저도 지금 생각해 보면 나에게 그리운 추억이 되었고 늘 편안하게 곁에 있어 주었던 개구쟁이 친구들만큼 그립기만 하다.

지내놓고 본 나의 어린 시절의 흔적은 어느 순간도 소중하고 그립지 않았던 시간이 없었던 거 같다.

촛불 하나

체리의 사계

잔혹했던 긴 겨울 침묵의 고행에서 돌아와
앙상한 가지에 기적처럼 새순이 돋아나면
아름다운 세상을 꿈꿔온 또 다른 전설을 기대하면서
먼 길을 돌아온 당신의 뜨거운 열정을 맞이하리오

장마와 태풍 속에서도 꺾이지 않고 견디어 낸 체리
그대의 인내는 달콤한 향기를 품어내는구나
무더위 태양의 질투로 붉은 볼이 검게 타버린들
그대의 인내는 검붉은 성숙을 품어내는구나

이제는 산들바람이 가을 꽃잎을 흔들며 결실의 계절이

오고 있는데 그대는 왜 먼 길을 선택해야만 했는지

자연의 섭리는 어쩔 수 없다지만은 당신이 남기고 간

인내와 열정은 아직 가슴 깊이 남아 있는데…

살을 에는 한파와 살얼음에 가지가 잘려나간들

당신의 인내와 당당함은 꺾을 수 없으리오

들판에 홀로 남루한 채 맨몸으로 칼바람을 막아내던

당신의 의지와 생명 혼은 우리 가슴에 영원하리오

〈이 글을 쓰게 된 이유〉

「항거: 유관순 이야기」라는 영화를 보고 꽃다운 나이에 목숨을 바쳐 백
성의 의식을 깨우치기 위하여 대한 독립 만세를 외쳤던 유관순 열사의 숭
고한 정신과 열정을 추모하고자 이 글을 썼습니다. 비록 그 임의 육체는 혹
독한 고문으로 오래전 우리 곁을 떠났지만, 열사의 뜻과 영혼은 영원히 우
리의 정신으로 살아남아 우리와 같이 있을 것입니다.

촛불 하나

까마귀와 파랑새

　어느 숲속에 일밖에 모르는 까마귀가 있었습니다. 까마귀는 평화로운 숲을 만들고자 나뭇가지와 짚을 모아 다른 새들을 위하여 성실히 둥지를 지었습니다. 그리고 많은 새들이 까마귀가 만들어 놓은 둥지에 날아왔습니다. 그중에 온몸에 푸른빛을 발하는 파랑새가 아름다운 자태를 뽐내며 온 숲을 날아다녔습니다. 오르지 일밖에 모르던 까마귀가 사랑에 빠지고 말았습니다. 아! 파랑새의 깃털이라도 될 수 있다면 늘 파랑새와 함께할 수 있을 텐데…

　이윽고 어느 날 까마귀는 용기를 내어 파랑새에게 고백했습니다. "나 당신을 사랑합니다." 무심한 파랑새는 대꾸도 없이 날아가 버렸습니다. 파랑새에게 사랑을 얻지 못한 까마귀는 많은 날을 우울하게 보내야 했죠.

그러던 어느 날 숲속의 평화를 깨고 사나운 매가 날아왔습니다. 매는 힘으로 숲을 지배하고 파랑새를 데리고 숲을 떠나버렸습니다. 많은 새들은 안타까워하면서도 사나운 매에게 저항할 수 없어 포기했지만 까마귀는 포기할 수 없었습니다. 많은 날을 고민하던 어느 날 떡갈나무 잎을 흔들어 주던 한줄기 실바람도 잠이 들고 달마저 구름 뒤로 숨어버린 칠흑 같은 깊은 밤 까마귀는 결심했어요. "그래 오늘 내가 숲속의 평화와 파랑새를 위하여 너를 찾아가리라."

까마귀는 매의 성을 찾아가 곤히 자고 있는 매의 눈에 일격을 가했습니다. 눈에 피를 흘리며 잠에서 깨어난 매가 분노하며 까마귀의 온몸을 날카로운 부리로 쪼았습니다. 온몸에 피를 흘리며 매에 저항하던 까마귀도 필사적이었습니다. 사랑의 힘은 무서웠습니다. 동틀 녘 매는 지쳐 도망치듯 숲에서 달아나 버렸습니다.

날이 새고 소식을 들은 많은 새들이 날아와 까마귀를 보면서 안타까워했습니다. 파랑새도 후회의 눈물을 흘리며 까마귀의 곁을 지켰습니다.

혼미해져 가는 까마귀의 입가에 힘없는 미소가 맴돌았어요.

"그래도 난 행복해, 숲의 평화와 파랑새를 위해 죽을 수 있으니…"

부드러움

　유난히도 더웠던 올여름, 이제 끝났다 싶어 옷장에 넣어두었던 가을옷을 입어보기도 전에 며칠 지나지도 않은 것 같은데 벌써 겨울 파카를 입어야 할 정도로 때아닌 한파가 불어닥쳤다. 기나긴 무더위에 시달린 만큼이나 가을의 부드러운 하늬바람을 기대했었는데 이렇게 갑자기 코끝을 에는 차가운 바람이 불 줄이야… 계절을 넘나드는 이상기후 때문으로 생각된다. 난 몇 년 전부터 유난히 가을이 좋다. 아마도 나이를 먹으면서인지 부드러운 느낌이 좋은 이유도 있지만, 계절적으로 볼 때 가을이 내 인생에서 지금 50대가 아닌가 싶어 더욱 애정이 간다. 또 한편으로 생각해 보면 몸부림치며 마지막 붉은 열정을 다 쏟아붓고 낙엽이 되어 초겨울 칼바람에 나뒹구는 것을 볼 때면 나의 자화상을 보는 것 같아 쓸쓸하기도 하다. 이렇듯 가을의 부드러운 바람은 겨울처럼 억세지도, 봄처럼 산만하지도, 여름처럼 변덕스럽지도 않아 쓸쓸한 나의 가슴에 부드럽게 파고들어 많은 사고를 하게 만든다. 그래서 가을은 중년의 계절 같다. 비록 물질적으로는 찬바람이 파고들어 오는 것처럼 느끼지만, 마음은 풍성한 수확의 계절처럼 넉넉해진다. 아마도 무더웠던 여름 더위에서 벗어난다는 해방감 때문에 그러는 게 아닐까 생각된다. 이 땅에 경찰관으로 살다 보면 정말 악성 민원인도 많다. 술에 취해 일부러 도롯가에 누워 자는 척을 하다가 경찰관이 오면 집까지 데려다 달라고 하기도 하고, 심지어 짜장면이 짜다며 주방장이 일부러 나 엿 먹이려고 짜게 했다고 신고하는 사람도 있었다. 이런 사람들은 경찰관에게는 가을을 느끼기도 전에 뜻하지 않게 일찍 찾아온 혹한기 겨울 같은 사람들이다. 그렇다고 경찰관이 이런 사람들과 똑같이 할 수는 없고 많은 시간을 들여서 달래고 설득한다. 진심으로 우리 사회 공동체 일원으로 잘 적응하기를 기대하면서… 그래서 난 항시 내 마음에 갈등을 느낄 때면 『채근담』에 나오는 말을 되새긴다. 그리고 한자로 그 한시를 쓰면서 다시 마음을 추스른다. "대인춘풍 지기추상(待人春風 持己秋霜), 다른 사람을 대할 때는 봄바람처럼 부드럽게 대하고, 자기에게는 가을 서리처럼 엄격하라."는 시는 내 인생의 나침판처럼 한 방향을 제시한다. 나의 부드러운 처세는 언젠가는 반드시 부메랑이 되어 나의 덕이 되어 돌아온다는 것을 난 믿는다. 비록 그 사람은 자신의 행동에 대해서 기억을 못한다고 해도, 또는 그 누구도 알아주지 않는다 해도 이 세상을 창조하신 절대자는 모든 것을 묵묵히 지켜보고 있을 것이다. 오늘도 나의 거칠함, 산만함으로 혹시 마음에 상처가 된 사람은 없었나 스스로를 모니터링해 본다.

공감

  우리는 함께하는 공동체 사회에서 많은 사람들과 기쁨을 같이하기도 하고, 우연한 기회에 뜻하지 않게 도움을 받아 하고자 하는 일이 순조롭게 잘되기도 하지만, 때로는 타인을 생각할 줄 모르는 배려심의 결핍, 이기심이나 공감능력의 부족으로 인하여 타인에게 깊은 상처를 주는 경우들도 많다. 며칠 전 여고생 2학년 4명이 ○○대학교 앞 상가 ○○포차에서 컴퓨터 스캔 장치를 이용하여 이미지 파일로 본인의 주민등록번호를 성년자로 바꾸어 본인 휴대폰에 저장한 후 미성년자 여부를 확인하는 포차 종업원에게 신분확인을 위해 보여준 후 음식과 소주 6병을 나눠 마시고 놀던 중 옆 테이블에서 미성년자들이 술 마시고 있다고 신고하여 그 업소를 청소년 보호법 위반으로 단속했던 적이 있다. 사실 청소년 주류판매는 1차가 영업정지 2개월에 벌금도 몇백만 원 나오는, 비교적 중하게 취급하는 사안이다. 요즘 같은 코로나 시국에는 일반 사업자에게는 더군다나 말할 것이 없다. 물론 업주는 청소년에게 주류 등 해로운 것을 판매하지 않도록 신분확인을 철저히 해야만 하는 사회적 책임이 있음은 당연하다. 그럼에도 내 가슴이 먹먹했던 것은 여고생들의 태도였다. 포차 업주는 조사실에서 시인서를 받고 있는데 계속해서 자기들끼리 큰소리로 웃는 등 장난을 치고 있는 것이다. 물론 경찰관으로부터 자신들의 조잡한 신분증 위조는 처벌받지 않지만, 업주는 단속을 당해야 한다는 사실은 들어서 알고 있었다. 문제는 아무리 철이 없는 여고생들이라고 하더라도 자기들로 인해 다른 사람들이 피해를 볼 수 있다는 사실을 알고서도 어떻게 그렇게 큰소리로 떠들며 웃을 수 있을까? 요즘 대부분의 젊은 세대들이 다른 사람들과 함께하는 공감능력이 떨어지는 것 같아 아쉽다. 나로 인해 피해 보는 사람에게 미안한 마음을 갖는 공감능력! 이 사회가 갈수록 억울한 약자의 이야기를 들어주고 ,그들과 함께하려 노력하려는 소통에 인색한 것 같다. 왜 젊은 세대로 갈수록 공감능력, 감수성이 떨어지는 것일까? 곰곰이 생각해 보니 갈수록 가정의 형태가 많이 바뀌어 맞벌이가 늘어나고, 여성의 사회생활에 출산은 많은 제약이 따르고 불이익 또한 만만치 않다는 이유 등으로 한 가정에 애들이 많아야 둘 그렇지 않으면 대부분이 하나를 잘 키우겠다고 한다. 그만큼 애들이 귀하고 귀한 만큼 뭘 해도 소중하고 이쁘기만 하다. 항시 맛있는 것, 좋은 것만을 사주고 싶어 한다. 물론 이런 부모의 마음을 헤아리지 못하는 것은 아니다. 그런데 이런 황금 만능주의의 목적 없는 애정은 아이들에게 함께하는 공감능력과 사회성을 떨어뜨리게 한다. 심지어는 어떤 중학생이 떳떳하게 말하기를 "부모님은 나로 인해 행복을 얻었으니 그만큼의 대가를 치러야 한다."는 말을 듣고 '어떻게 저런 생각을 할 수 있지?' 놀란 적이 있다. 젊은 세대로 갈수록 머리는 좋아지고 컴퓨터도 스마트하게 잘 다루겠지만 정말 큰 문제는 핵가족화되면서 인간적인 면 즉, 함께하는 공감능력이 갈수록 현저히 떨어지고 있다는 것을 30년 넘게 지켜본 경찰관으로서, 최전방 민원접견 부서에서의 많은 간접경험을 통하여 세대의 흐름을 느낄 수 있었다. 우리 사회의 백년대계를 위하여 가정과 학교에서는 어린이들에게 어느 것이 옳고, 어느 것이 그른지를 일방적으로 가르치는 주입식 방식보다는 왜 그래야만 하는지, 상대방 입장은 생각해 보았는지, 그럼 앞으로 어떻게 해야 지혜로운 사람의 행동인지 등을 스스로 생각할 수 있는 시간과 남의 아픔을 공감할 수 있는 공동체 의식을 가질 수 있도록 코칭을 하며 스스로 마음으로 느낄 수 있는 시간을 충분히 주며 지켜보아야 할 것이다. 이제는 과거의 주입방식인 스파르타 교육방식보다는 좀 더 고차원적 공감능력을 가르치는 소프트웨어 교육방식이 필요한 때이다. 과거 형제, 자매가 많은 시절에는 나름대로 사회성을 익히며 자랐지만 지금은 자녀가 귀한 시대이다. 그러다 보니 그때보다는 사회성이 많이 떨어지는 것 같아 아쉽다. 갈수록 핵가족화되고 있고 맞벌이 부부가 많아질 수록 부모의 관심이 더욱 필요하다. 아무리 바쁘더라도 반드시 자녀들과의 대화의 시간이 필요하고 자녀들에게 모범적인 행동을 보임으로써 아이들이 자연스럽게 부모의 행동을 습득한다. 나는 지천명의 나이에도 선택의 기로에 봉착할 때에는 나도 모르게 어릴 때 부모님의 선택을 답습하고 있는 것을 보고 스스로 놀라울 때가 있다. 아마도 가족적 성향이 몸에 배어 있기 때문이 아닌가 싶다. 우리가 때로는 성인군자도 아니고 자녀들에게 모범을 보이고 "역지사지(易地思之)"의 더불어 사는 모습을 보여주기가 물론 쉽지만은 않을 때가 있다. 그만큼 노력이 필요하다. 우리들의 아이들이 부모의 행동을 무의식적으로 답습한다고 생각할 때 부모 세대의 선택이 자녀들에게는 잔소리 없는 자연스러운 산교육이 될 것이다. 또한 그 가정의 가족적 성향이 됨을 기억해야 할 것이다.

균형 있는 삶

균형 있는 삶, 어느 한쪽에 치우치지 않는 자세. 그것은 우리가 살면서 절대적으로 필요한 신앙 같은 진리이다. 요즘 들어서 허리 척추에 협착이 오면서 수술 날짜를 잡아놓고 그 필요성을 더 절실하게 느낀다.

우리의 허리 또한 균형 있는 자세를 잃게 되면 척추 사이에 신경 완충 역할을 하는 연골(디스크)이 빠져나와 신경을 누르게 되어 통증을 유발한다. 30년 세월 특히 지구대 야간근무를 많이 하면서 사무실용 회전의자에서 새벽 시간에 가면을 취하면서 비스듬히 앉아 있는 것이 허리 디스크에는 최악의 고통을 주게 되었다. 우리의 몸은 균형 있는 자세를 원하고 그 균형이 무너질 때 고통의 대가를 반드시 치르게 될 거라는 것을 요즘 뼈저리게 느낀다. 조금만 일찍 균형 있는 자세의 중요성을 알았더라도 오늘날 수술 날짜를 잡아 놓고 불안해하지도 않았을 것을… 이렇듯 균형 있는 자세는 그 자세를 잃어 고통받는 사람들에게는 삶의 질이 떨어질 정도로 엄청난 고통과 상심이 따른다. 그래서 나는 젊은 직원들에게 가급적 의자에 앉을 때도 허리를 세우고, 앉을 때도 골반을 뒤로 빼 허리 근육을 튼튼하게 할 수 있도록 습관을 들여야 나이 먹고 척추협착으로 인해 고생을 면할 수 있다고 조언한다. 이렇듯 육체적인 균형감각을 잃었을 때도 엄청난 고통이 따르지만, 또한 업무적으로 균형감각을 잃었을 때는 정신적으로 큰 고통이 따를 수 있다. 특히 주로 상대성 있는 민원을 취급하는 경찰관 업무도 균형 있는 감각이 절대적으로 필요하다. 대부분이 사회생활을 하면서 겪는 마찰로 폭행, 층간소음, 운전 중 시비를 비롯하여 우리 지구대는 하루에 평균 20여 건 이상 사건·사고를 처리하면서 시간에 쫓겨 균형감각이 무너지면 바로 민원을 사게 되고, 그 후유증은 정신적, 경제적인 손실로도 막대한 피해를 주기도 한다. 그래서 젊은 직원들에게 수시로 민원을 사지 않는 노하우를 가르치는 것도 팀장의 중요한 역할 중 하나이다. 사건·사고의 발단은 대부분 사소한 감정에서 시작되는데 이런 경우 서로 간의 입장을 바꿔 생각할 수 있는 시간의 여유를 주고 서로에게 상대방 잘못을 먼저 생각하지 말고 차분히 자신의 잘못을 생각하도록 유도하는 방법도 필요하다. 대부분이 흥분을 하게 되면 자신의 허물은 생각지 못하고 상대방의 잘못만 생각하고 공격적으로 변하기 때문에 중재를 잘하는 것도 한 방법일 것이다. 만약 경찰관이 현장에서 균형감각 없이 한쪽으로 치우치게 될 경우 호미로 막을 것을 가래로 막아야 하는 재앙이 닥칠 수 있다. 요즘 사회 이슈 중 하나가 층간소음 때문에 위, 아래층에서 칼부림이 났었던 사건인데, 이제 입직한 지 3개월 된 현장 체험 중인 교육생 여경이 피해 여성의 목에서 피가 분수처럼 흘러나오는 것을 보고 겁에 질려 구급대를 부를 생각만으로 트라우마가 생겨 그 뒤로 아무 생각도 못 하였다고 하였고, 남직원은 무전으로 도움을 요청하러 밖으로 나갔다가 자동 출입문이 닫힌 후 출입문 비밀번호를 몰라 적시에 피의자를 제압하지 못하여 경찰관으로서 역할을 다하지 못했던 끔찍한 사건이 발생했다. 같은 경찰관으로서 국민의 생명과 재산을 지켜야 하는 책임을 다하지 못한 것에 대해 마음이 아프다. 한 가지 아쉬운 것은 칼을 사용하여 사람을 해했던 범법자의 비난보다 출동한 경찰관의 비난이 더 크다는 것이다. 그만큼 국민이 경찰관의 역할에 많은 기대를 하고 있는 이유일 것이다. 정말 갈수록 사람들이 즉흥적이고 감정 기복이 심한 분노조절 장애가 늘어나고 있는 것 같다. 어쨌든 경찰관의 업무는 어떤 상황에서도 시민의 안전을 위하여 균형감각을 잃어서는 안 되는 것이며, 순간의 오판으로 말미암아 엄청난 고통을 겪게 될 수 있는 위험한 직종임에는 틀림없다. 그렇기에 막중한 책임감과 균형감이 절실히 요구되는 직업이다. 그래서 경찰관이라는 직종은 적어도 사명감과 자긍심이 요구되는 국가직 공무원이라고 생각한다. 세상은 음과 양, 하늘과 땅, 남과 여 그리고 모든 우주의 신비로움은 균형 있는 성장 속에 진화하며 발전하게 됐듯이 경찰관 또한 스스로 순간순간 어떤 상황에서도 대처할 수 있도록 노하우를 축적하는 데 노력하고 어느 한쪽으로 치우쳐지지 않는 균형감각을 갖도록 해야 한다. 균형감 있는 정신과 신체 없이는 자신의 건강도 발전도 기대할 수 없을 것이다.

전하고 싶은 말

연말이 가까워 지면서 크리스마스의 들뜬 분위기보다 마음이 무거워지는 건 코로나 팬데믹 영향도 있지만 9년째 요양병원에 입원 중인 어머니의 건강이 염려되어서이다. 내가 어릴 때 어머니는 강하고 뭐든지 할 수 있고 영원히 사실 줄로만 알았는데 세월은 거짓말을 못 하는 것 같다. 코로나 정국으로 2년 전부터 요양병원에 문병하지 못하도록 행정명령이 발령되었고, 약 3주 전에 어머니가 계시는 요양병원에서 특별면회를 하라고 전화가 와서 방역복을 착용하고 투명 가림막 사이로 본 어머니는 나를 알아보지 못할 정도로 상태가 안 좋아지셨다. 사람들 앞에서 흐르는 눈물을 참느라 이

를 악물었다. 결국 눈물샘이 터져 눈앞이 흐려졌다. 신의 저주 코
로나 사태가 일어나기 전만 해도 2주에 한 번씩 비번 날 병원에 가
서 언제나 내용이 같은 어머니의 많은 옛날얘기도 들어주곤 했는
데… 그 병원 관계자들은 내가 경찰관이라는 걸 모르는 사람이 없
었다. 만나는 사람마다 "이게 우리 막둥이여. 경찰관이야." 나는 그
게 쑥스러워 경찰관이라고 하지 말라고 여러 번 말했는데도 어머
니는 계속 자랑하셨다. 신문사에 근무하는 형은 거의 매일 점심 식
사 시간에 가서 어머니 식사를 챙기는데도 어머니는 나를 자랑스
럽게 생각하셨다. 아기들에게 장래 꿈을 물어보면 경찰관이라 말하
듯이 연세가 들면 애가 된다는 말이 맞는 것 같다. 올해 울 어머니
는 92세이고 지금은 건강이 많이 안 좋아져 산소 호흡기를 꽂고 계
신다고 일주일 전에 병원에서 전화가 왔다. 걱정이 된다… 물론 92
세면 장수하셨다고 볼 수도 있지만 어머니의 일생을 돌이켜 보면
행복했던 순간들이 얼마나 있었겠나 안쓰러운 생각이 든다. 일제강
점기 6남매 중 차녀로 태어나 13세 때 3살 더 먹은 언니가 일본에
끌려가지 않게 하려고 외할아버지가 큰이모를 급히 서둘러 혼인을
시켜서 언니를 대신해 어머니를 강제징용 하려는 것을 외할아버지
가 집에서 애지중지 키우던 염소 두 마리를 뇌물로 바치고 사정사
정해서 다행히 강제징용이 안 되었다고 작년에 병원에서 어머니에
게 처음 들었었다. 그리고 얼마 후 꽃다운 나이에 동족상잔의 비극
인 6.25 사변이 터지고… 한반도 역사상 가장 힘들었던 세대가 우
리 부모님 세대가 아닌가 싶다. 그 시대 가장 힘든 시간들을 견뎌

내시고 자식들에게는 자신의 인생을 송두리째 내주면서도 그걸 행복으로 아셨던 우리 어머니! 왜 나는 어머니가 건강하셨을 때 많은 시간을 함께하지 못했나 후회스럽다. 생각해 보니 사는 게 바쁘다는 핑계로 해외는 고사하고 제주도도 한번 같이 간 적이 없었다. 꽃을 좋아하셨던 어머니와 고작 벚꽃축제 몇 번 단풍축제 몇 번이 전부였다. 그리고 어머니가 좋아했던 함흥냉면으로 점심 때우는 게 끝이었다. 어머니가 다시 나를 알아보고 나를 자랑하시며 반갑게 맞아주시던 그 시간만으로 돌아갈 수 있다면 더 살갑게 더 많은 시간을 같이 보내고 싶은데, 그리고 어머니에게 꼭 이 말을 전하고 싶다. "엄마 나를 낳아주셔서 감사하고 엄마가 나의 어머니여서 정말 자랑스럽고 감사합니다." 그리고 코로나 팬데믹이 오기 전부터 여러 번 너희 집에서 있고 싶다고 하셨는데 여건이 허락하지 않아서 그 말씀 들어주지 못한 것이 후회스럽고 가슴에 한으로 남아 있다. 너무너무 죄송합니다…

지나가는

　허리 협착수술을 한 지 일주일이 되었다. 아직은 진통제를 먹어서인지 통증이 많이 사라졌다. 나는 많이 좋아진 것 같은데도 문뜩문뜩 얼마 전에 요양병원에서 나를 알아보지 못했던 어머니를 보고 상상도 못 했던 충격과 걱정에 깊은 잠을 자지 못하고 우울한 마음에 습관적으로 가는 곳이 생겼다. 병원 옥상이다. 달을 좀 더 가까이에서 볼 수 있기 때문이다. 나는 길을 잃고 방황할 때나 힘이 들 때면 밤하늘을 보는 습성이 있다. 별은 나에게 살아가야 할 길을 내비게이션처럼 알려주고, 달은 내가 힘들 때 나를 내 인생의 주인공처럼 훤하게 비춰주어 자존감을 갖게 해주고 따뜻한 빛으로 온기를 넣어주어 위로를 해주기 때문이다. 정말 든든한 길동무들이다. 그런데 오늘 밤은 별들이 듬성듬성 몇 개밖에 보이지 않고 달은 눈높이에 보름달처럼 가까이 떠 있었지만 밝지가 않고 붉은빛을 띠고 있다. 별도 달도 평상시처럼 밝은 빛이 아니다. 문뜩 별도, 달도 병원에 있는 내가 걱정되어 마음이 편치않은 그 임의 마음을 나에게 대신 전하고 있는 것이 아닌가 싶어 나도 모르게 한숨이 나왔다. 병원생활 일주일도 지루하고 힘들다는 생각이 드는데 우리 어머니의 9년째 요양병원에 신세 지는 그 심정은 어떨까? 얼마나 외로우실까? 얼마나 자식들이 보고 싶을까? 하루빨리 코로나19가 끝나 자유롭게 문병을 갈 수 있는 날이 빨리 왔으면 좋겠다. 별님아! 달님아! 하루라도 빨리 달려가 보고 싶은데 그러지 못하는 내 마음 좀 전해다오. 나 또한 임이 걱정되고, 보고 싶고, 꼭 안아주고 싶다고… 세상엔 영원한 것은 없다고 하나, 나를 가장 사랑하고, 나를 세상에 태어나게 해주신 그리운 어머니… 요즘은 어머니 생각만 해도 나도 모르게 가슴이 시리다. 어머니! 우리는 그저 왔다가 스쳐가는 인연이 아니고 반드시 다시 만나는 필연입니다. 어머니는 내 삶의 시작이고 내 영혼의 고향이기 때문입니다. 그래서 나는 언젠가는 고향에서 다시 임을 만날 것을 확신합니다. 항시 5남매 자식 걱정이 많았던 어머니… 한 달 전 병원의 특별면회를 통하여 본 어머니가 나를 알아보지 못하시는 것을 보고 너무 충격이 컸고, 의사 선생님의 요즘 상태가 많이 안 좋아지셨다는 말이 머리를 떠나지 않는다. 아무리 한동안 보지 못했다고 하지만 이렇게까지 안 좋아질 거라고는 상상도 못 했는데 어머니의 마지막 모습이 자꾸 떠오르면서 요즘 나도 모르게 마음속으로 혼자서 기도하는 습관이 생겼다. 신이시여! 아직은 보내드릴 마음의 준비가 안 되었습니다. 부디 우리 어머니와 맑은 정신으로 코로나 이전으로 돌아가 작별 인사라도 할 수 있는 기회를 주십시오.

익어가는

새해를 하루 앞둔 양력 섣달그믐 새벽 설렘과 참회로 만감이 교
차하며 잠을 이루지 못해 마음의 정리를 위하여 펜을 들었다. 올 한
해를 돌이켜 보면 개인적으로 크고 굵직한 일들이 많았다. 때로는
감당하기 힘들었던 일도 있었고 한편으로는 즐거운 일도 많았다.
하루하루는 더디게 가는 것 같아도 양력 섣달그믐 새벽 동틀 녘에
생각해 보니 무심한 시간은 주마등처럼 이마에 흔적만 남기고 어
쩜 이리도 빨리 흘러가 버렸나 싶다. 이제 정년을 3년 6개월 남긴
지금, 문득 내가 고등학교 다닐 때인 40년 전으로 돌아가 부모님의
나이를 먹고 생각해 보니 아! 나도 나이를 많이 먹었구나, 젊은 나

이가 아니구나, 새삼 느낀다. 나름 열심히 살아왔고 건강을 위해서 운동도 열심히 했다. 그럼에도 얼굴에 생긴 나이테는 어쩔 수 없는 듯하다. 나 어릴 때만 하여도 동네 어르신들의 환갑잔치를 성대히 치러드렸다. 그 당시는 평균수명이 짧아서 그런 것 같다. 그래서 명리학에서 환갑이란 60갑자의 해가 한 바퀴 돌아 다시 그 자리로 돌아오는 해를 뜻하는 것으로 알고 있다. 그래서 환갑 이후는 보너스 인생으로 볼 수도 있을 것이다. 하지만 지금은 의료장비, 의술의 발달로 평균수명이 그때보다 30년 이상 늘었다, 그래서 요즘은 환갑 잔치를 하지 않고 식구들하고 조용히 식사를 하는 것으로 풍습이 바뀌었다. 내 수명을 90으로 가정하고 지금 내 나이를 내 인생의 4계절로 나누어 본다면 가을쯤이 아닐까? 모든 곡식이 익어가는 것처럼 내 인생도 농후하게 익어가는 때이다. 유행가 가사에 나오는 말처럼 나이는 숫자에 불과하다. 비록 몸은 방탄중년단이지만 마음이 젊다면 방탄소년단처럼 살 수가 있지 않을까? 지금 이 시점의 내 삶은 모든 대자연의 결실을 맺는 시기인지라 들에는 곡식이 노랗게 익어가고, 산마다 물든 단풍 또한 자신의 열정을 실어 가장 아름답고 화려한 색상을 품어낸다. 내 인생에서 가장 풍성한 가을의 시점에서 넉넉하게 익어가는 마음으로 내가 조금은 손해 본 듯, 그리고 한 번 더 생각해 보는 여유로운 마음으로 내 주변의 모든 사람과 모든 생명을 사랑하며 대망의 2022년 나 또한 조화롭고 화려한 나만의 무지갯빛 꿈을 품어내는 한 해를 맞이해야겠다.

촛불 하나

커피의 진실

작년 2021년도에는 허리 통증 때문에 실질적으로 고생도 많았고, 정신적으로는 어머니 병세 악화로 우울한 시간을 많이 보내야 했다. 마치 삶의 질이 떨어지는 것처럼 느껴졌다. 그러던 중 우연한 기회에 퇴직한 선배님의 추천으로 급하게 복강정 시술을 받고 방사통이 많이 없어진 것이 2021년도에 가장 보람된 일이 아닌가 싶다. 그만큼 나에겐 고통이었고 건강이 얼마나 소중한가를 새삼 느끼게 해주었다. 약 한 달 전 허리 내시경 시술을 마치고 오늘 외래 진료를 받기 위하여 병원을 방문하였는데 원장님이 수술이 너무 잘되었다며 2주 치 약을 처방해 주면서 2주 후에 다시 방문하라고 해서 내가 원장님에게 이제부터 제가 운동으로 해결하겠으니 한 달 치를 처방해 달라고 말하고 자신 있게 원장실을 나왔다. 약 1개월 전에 하나님에게 통증을 호소하며 이번만 기회를 주신다면 꼭 약속을 지키겠다고 맹세했었다. 그것은 자기 전에 침대에서 플랭크 운동과 매켄지 신전 운동을 하고 자는 것이다. 나는 유튜브를 통해 허리 통증을 극복하기 위해 허리에 관한 공부를 많이 했다. 특히 야간근무 때에는 거의 날밤을 새워가며 틈틈이 영상을 보았다. 정말 정보화 시대에 사는 현대문명에 감사할 따름이다. 나는 건강할 때에는 「생로병사」라는 프로그램을 한 번도 본 적이 없었다. 그런데 우리나라 속담에 "목마른 놈이 우물 판다."고 몸이 아파보니 지금은 건강 관련 영상을 볼 때면 눈이 번뜩인다. 그중에서도 사회생활을 하면서 가장 손쉽게 접할 수 있는 커피에 대한 내용이 꼭 필요한 것 같아서 내용을 세심하게 체크하면서 보았다. 나는 이 프로그램을 보기 전까지만 해도 졸리거나 기분전환을 위해서 하루에 믹스커피를 대여섯 잔씩 마셨다. 그런데 설탕을 타지 않은 커피에는 오로지 커피에만 있는 카와웰이라는 성분이 대장, 췌장, 간, 특히 여자에게는 유방암에 좋고 또한 몸속에 있는 암세포가 자라면서 영양분을 빨아 먹기 위해 신생혈관을 만드는데 이것을 억제하는 카페스톨이라는 성분이 커피에 다량 함유되어 있다는 것이다. 이 사실을 알고 블랙커피를 마시기 전에는 탕약같이 써서 마시지 않던 것이 이렇게 달콤하고 입안이 개운하게 느껴지는지 이것을 보고 "일체유심조(一切唯心造), 모든 것은 마음먹기 달려 있다."라는 원

촛불 하나

효대사의 말이 생각났다. 그래서 현대인의 일상에서 떠날 수 없는 커피에 대하여 좀 더 집중적으로 파헤쳐 보았다. 먼저 커피를 안전하게 즐기기 위해서는 코르티솔이라는 호르몬이 무엇인지 먼저 알아야 한다. 코르티솔은 콩팥의 부신피질(생명 유지에 없어서는 안 될 복잡한 호르몬을 분비하는 장기)에서 분비되는 호르몬으로 외부의 스트레스와 같은 자극에 맞서 최대의 에너지를 만들어 내는 호르몬으로서 혈압과 포도당 수치를 높이는 역할을 한다. 그래서 코르티솔 호르몬이 분비되지 않으면 혈압이 떨어져 의식이 없어지면서 사망에 이르게 되고, 반면에 코르티솔 호르몬의 과도한 분비는 질병 발생 위험을 높이고 만성피로, 우울증, 생리불순, 식욕증가로 인한 지방의 증가, 면역력 저하 등 부정적인 면이 크다, 그런데 코르티솔 호르몬이 가장 많이 분비되는 시간은 수면에서 일어날 때로, 코르티솔 호르몬이 50% 증가한다. 그래서 만약 사람이 일어나자마자 커피를 마시게 되면 커피의 카페인은 우리 몸의 코르티솔 호르몬의 분비 수치를 더욱 높여 내 몸의 스트레스와 혈압을 급격하게 가중시킨다. 그래서 의학 전문가들은 수면에서 일어난 후부터 2시간 30분 후, 코르티솔 호르몬 수치가 어느 정도 떨어졌을 때 커피를 마셔야 카페인의 영향을 덜 받아 가장 좋은 효과, 즉 정신을 맑게 해주는 각성효과를 볼 수 있으며, 오후에는 1시 30분에서 5시 사이에 마시는 것을 권장하고 있으나 신경이 예민한 경우에는 자신의 수면 시간 6시간에서 8시간 전까지만 마셔야 한다. 카페인 성분이 숙면에 장애를 주기 때문이다. 또한 아무리 좋은 음식이라도 과도하게 섭취하면 오히려 몸에 해롭듯이 커피 또한 지나치게 섭취한다면 해로울 수가 있다고 의학 전문가들이 조언하고 있다. 2022년 새해를 맞이하여 고통의 긴 터널로부터 벗어나 긍정적인 마인드로 건강에 신경 쓰며 이왕이면 모르고 당하는 것보다 알고 대처함으로써 내 몸의 질병을 줄이고 세상에서 가장 소중한 건강을 지킬 수 있을 거라 생각해 본다.

내가 살아 있어야 하는 이유

내가 누군가를 그리워하고 있다면
나에게 아직 열정이 남아 있음이라
말할 수 있으니 가슴이 두근거린다.

내가 무언가를 기다리고 있다면
나에게 아직 희망이 남아 있음이라
말할 수 있음에 미소가 맴돈다.

나에게 아직 체온이 남아 있음은

나도 꿈을 꿀 수 있음이라
말할 수 있으니 두 주먹에 힘이 생긴다.

열정도 희망도 꿈도 내가 살아 있으므로
가능한 일이니 나의 삶을 소중히 지키며
내 운명이 다하는 날까지 나부터
나를 사랑하는 마음으로 살아야겠다.

〈이 글을 쓰게 된 이유〉

조현병을 앓고 있던 꽃다운 26세 아가씨가 인생이 힘들고 공허하다는
이유로 자신의 손목에 자해를 하여 생을 마치려고 했던 신고를 접하고 신
고자를 응급실에 후송 후 생명의 소중함을 아가씨에게 전하고 싶었던 마
음을 글로써 표현한 것입니다.

잔주름

야간 출근준비를 마치고 마지막 점검차 거울 앞에 섰다. 그동안 별 관심 없이 보았던 거울이었는데 이마에 주름이 깊어지고, 눈 밑에 주름이 늘어난 것이 보였다. 전체적으로 윤이 나질 않는 건조한 얼굴이 거울에 비쳤다. 나이를 먹으며 자연스러운 현상이라고 스스로 위안 삼고 출근길에 나섰다. 그래도 왠지 서글픈 생각이 떠나질 않았다, 사무실에 도착하여 얼마 되지 않아 우리 팀원이 112신고를 받고 치매 걸린 할머니 한 분을 모시고 왔다. 날씨가 상당히 추운 날씨임에도 남루한 옷을 입고 집을 못 찾아 덕진공원 앞에서 서성이는 것을 행인이 신고한 것이다. 안쓰러운 생각에 이름이나 주소, 자제분 등을 물어보아 집을 찾아주려고 하였으나 전혀 기억을 못 하신다면서 그냥 지구대에서 나가시려고만 하셨다. 약 1시간을 도내에 가출신고가 접수된 내역 조회 등을 해보았지만 찾을 수가 없어 속수무책이었다. 그래서 내가 통장들 명단을 확보하고 순찰차에 할머니를 태운 후 관내 공원 주변에 살고 있는 통장부터 일일이 할머니를 보여드리며 찾기를 약 10여 명쯤 물어봤을 때, 중학교 근처에서 다른 할머니가 마침 할머니를 아시는 분이 계셨다. 오래된 슬레이트집 단칸방에 혼자 사시는 분이었다. 날씨도 추운데 안타까운 생각이 들어 동네 할머니에게 이분 자식들은 없냐고 묻자 자식들은 있는데 어떻게 자존심이 센지 절대 자식들 이야기를 안 한다는 것이었다. 동네 슈퍼에서 컵라면과 베지밀을 사드리고 나왔다. 내일은 동사무소 복지 담당에게 알리기로 하고 신고를 종결지었다. 오는 길에 마음이 씁쓸했다. 저 할머니는 과연 어떤 인생을 사셨을까? 과연 행복한 순간은 얼마나 있었을까? 우리나라 헌법에는 행복 추구권이 보장되어 있는데 아직 우리 주변에는 기본권마저도 보장을 받지 못하는 사람들이 많은 것 같다. 문득 출근길에 잔주름으로 마음 상해했던 내 자신이 부끄러웠다. 이분들에게도 여생 중에 행복하고 가슴 따뜻한 날들이 많이 생겨 좋은 추억을 간직할 수 있는 기회가 주어졌으면 하는 마음이 간절했다.

배우는

작년 연말 승진 대상자에는 올랐으나 승진을 못 하고, 어제부로 팀장에서 내려 부팀장으로 밀렸다. 나름대로 팀원들 간 화합과 원활한 소통을 위하여 많이 양보하고 인내하고 내가 좀 더 솔선수범하려고 노력했는데 높은 상사님들이 생각하는 평가의 기준은 내가 생각하는 기준과 다른가 보다. 이럴 줄 알았다면 젊은 시절 좀 더 열심히 해서 어떻게든 진급을 할 것을 후회스럽다. 꿩 잡는 게 매라고 하였던가, 남 의식 안 하고 얼굴 두껍게 강판 깔고 밀어붙였으면 되었을 기회가 있었지만 절박함이 없이 소극적이었던 것이 뼈아픈 오늘을 겪게 되었다. 내가 힘들어하는 건 직책에 따라서 편해지지 못해서가 아니라 2년 동안 팀장을 하다가 진급을 못 해 팀장 자리에서 밀려났다는 것이다. 그래서 강등당한 기분이 들어 식구들에게 부끄러워 말하지 못했다. 사막이라는 시작도 끝도 모래뿐인 불모지에 버려진 느낌이다.

신이시여 왜 나를 버리시나이까? 선하게 살려고 노력했고 내 스스로의 양심을 저버리지 않게 해달라고 항시 마음속에 담고 살았는데.

신이시여! 나의 처절한 무언의 절규를 들으셨나이까?
신이시여! 나의 서글픈 울분의 한숨을 느끼셨나이까?
신이시여! 나의 한 맺힌 영혼의 몸부림을 보셨나이까?

길고도 서글픈 밤을 책상에 앉아 많은 시간을 보내고 맞이한 새벽! 답답한 마음에 커튼을 치고 창밖을 보니 밤새 울어대던 길고양이의 슬픔을 위로라도 하려는 듯 창밖에 하얀 눈이 펼쳐 있다. 놀랍게도 하룻저녁 사이에 세상이 온통 하얗게 변해 있었다. 너무 웅장하고 아름다워 아득한 어린 시절 동네 야산에 내린 엽서 같았던 하얀 눈이 떠올랐다. 나도 모르게 흐뭇하게 웃고 있었다. 그래! 이 위대한 자연 앞에 '나'라는 존재는 아주 가녀린 실바람에도 흔들리는 풀잎 한 잎에 불과한 것을. 그러나 결코 요즘의 현실이 내 인생의 현실은 아닐 터! 저 눈처럼 내 마음도 하얗게 덮어서 정화시켜 그

동안의 침울했던 마음의 상처로부터 피하지 말고 정면으로 부딪쳐 보자! 비록 나의 존재는 작은 풀잎에 불과할지언정 나는 묵묵히 나의 길을 가야겠다. 이 세상에 생명체로 태어났을 때는 모두가 쓰임이 있으니 아직은 빛을 발하지 못하더라도 나도 누구에게는 꼭 필요한 사람이 될 수 있다는 믿음으로 거듭나야겠다. 하룻저녁에 하얀 세상을 만들어 버린 신의 능력을 믿기로 했으며, 나 또한 아무리 몸부림친들 이 거대한 자연 앞에서는 작은 돌멩이에 불과하다는 생각이 들었다. 이제는 아무리 서러운들 경솔하게 분노하지 않으며 아무리 슬퍼도 내 인생을 더욱 견고하게 만드는 과정이라 생각하고 훨훨 털어내야겠다. 모든 것을 내려놓고 대자연의 위대한 권능을 보니 얼마나 경이롭고 웅장한지… 이 거대한 대자연에서 돌이 한 바퀴 더 굴러가나 한 바퀴 덜 굴러가나 무슨 의미가 있으랴? 오늘 난 이 웅장한 대자연의 능력 앞에서 호연지기의 기상을 배웠고 진정으로 부끄럼 없이 당당하게 사는 법을 배운다.

일만이천 보

아직은 아침저녁으로 마스크 사이로 찬 기운이 날카롭게 파고든다. 아직도 정정하다고 몸부림치는 동장군의 강렬한 저항이 있지만, 그래도 거대한 자연 앞에서는 어쩔 수 없는지 옷깃 사이로 파고드는 찬 서리 곁으로 따스한 새 생명의 온기가 봄의 출발을 느끼게 한다. 허리 수술을 받은 지 3개월이 되었다. 병원장님이 무조건 하루에 1시간씩 매일 걸으라고 하였다. 그래서 휴대폰 어플에서 만보기를 다운받아 살고 있는 아파트 옆 공원에서 비번 날은 거의 빠지지 않고 1시간 반씩 빠른 걸음으로 걸었다. 난 나이 먹을수록 하체 운동의 필요성을 누구보다 잘 알고 있다. 우리 어머니가 약 9년 전에 욕실에서 한 번, 3년 전에 아파트 놀이터에서 한 번, 엉덩방아를 찧고 고관절 수술을 두 번 하시면서 결국 휠체어 신세를 지게 되었고, 그 뒤로 감당이 안 되어 요양병원에 모시게 되었다. 그 당시는 어머니한테 미안한 생각도 했지만 24시간 누군가 케어를 한다는 것이 쉽지가 않았다. 아버지의 경우를 볼 때 그 당시 요양병원으로 모셨더라면 그렇게 일찍 돌아가시지는 않았을 것이고, 어머니도 7~8년 전에 고비를 넘기지 못하고 돌아가셨을 거라 생각된다. 난 아이가 없다. 그래서 젊은 시절 집사람과 불임 병원에서 노력도 해보았으나 실패를 하였고 집사람이 힘들어해서 오래전에 포기를 한 상태이다. 그래서 나는 늙어서 누군가에게 의지할 수 없는 입장이라 스스로의 독립심도 강하지만 우리 팀원들에게 자주 나의 경험담을 말한다. 젊어서 건강할 때 하체 근육을 많이 저축해 놓으라고, 늙어서 다리에 힘 빠지면 바로 휠체어 신세 지게 되고 그때부터 가고 싶은 곳도 못 가고 삶이 비참해진다고… 나는 건강하게 오래 살고 싶다. 자식도 없어 누군가 의지할 사람도 없다. 그래서 내 발로 화장실 갈 수 있을 때까지만 살고 싶다. 그러기 위해서는 시간만 되면 걷는다. 그래서 나의 비밀번호는 9823이다. 99세까지 88하게 살다가 2~3일 앓다가 수면 중에 편하게 대자연의 품으로 돌아가고 싶다. 그래서 어제도 걸었고 내일도 또 걸을 것이다. 그리고 걸을 때 머리도 맑아지고 많은 생각들이 정리가 잘된다. 그래서 건강한 신체는 건강한 정신을 만든다는 말을 난 믿는다. 오늘도 난 평생 소원이 죽기 전에 남북이 평화통일 되어 꿈에서 본 금강산 일만이

천 봉 등반의 소원성취를 위해 오늘도 금강산 정상을 꿈꾸며 일만

이천 보를 힘차게 걸었다.

밀려오는

　며칠 전 40년 지기 친구가 유명을 달리했다. 항시 밝고 건강했던, 부부가 치과를 운영하던 의사 친구였는데 위암 4기 진단을 받기 불과 2년 전에 동네 내과에서 위내시경 검사를 했을 때도 이상이 없었다고 했는데 2년 만에 속이 쓰리고 소화가 안 된다고 하여 대학병원에 가서 위 검사를 해보니 그 짧은 시간 동안에 청천벽력같은 위암 4기로 진단을 받은 것이다. 이미 수술을 할 수도 없을 정도로 암 덩어리가 커져서 시한부 인생을 살기를 3년 서울삼성병원에서 항암치료를 잘 받았었는데 암세포가 간에 전이되면서 급속도로 살이 빠지게 되었고, 얼굴색이 노랗게 변하기 시작하더니 3개월 만에 악몽처럼 우리 곁을 떠나게 되었다. 약 2주 전에 서울삼성병원에서 입원치료 중 더 이상 항암치료가 불가능하다는 진단을 받고 전북대학교병원으로 왔다고 해서 깜짝 놀라 다른 친구와 문병을 갔다. 코로나19 때문에 병원에 들어갈 수 없어 친구 와이프가 친구를 휠체어에 태우고 병원 응급실 밖으로 나왔다. 초췌해진 친구의 모습이 충격이었다. 말도 자유롭게 하지 못하는 친구의 손을 잡으니 친구가 나의 손을 꽉 잡고 "우린 중·고등학교를 같이 다녔는데…" 말을 잇지 못했다. 나 또한 순간 울컥했다. 친구의 손은 따뜻했다. 우리는 서로 말을 하지는 않았지만 서로의 마음은 느낄 수가 있었다. 우리가 서로 의지하며 같이해 온 세월이 얼마인데, 그렇게 건강하고 항시 다정한 친구였는데 도저히 믿을 수 없어 다시 또 친구의 얼굴을 쳐다보았다. 모든 걸 받아들인다는 듯한 표정이었다. 너무도 추운 날씨라 친구가 간병인하고 먼저 들어가고 친구 처가 말했다. 아직은 젊어서인지 삶에 애착이 굉장히 강해서 뭐든 치료를 다 받으려고 하는데 몸이 못 버틴다는 것이다. 그래서 나는 그 마음을 알 수가 있었다. 아직 대학교 다니는 아들 둘과 노모님을 두고 죽기에는 너무도 한창인 나이에 세상에서 이렇게 사라져야 한다니 얼마나 억장이 무너질까… 그리고 일주일 후 전북대학교병원에서 편안하게 잠을 자듯 떠났다는 것이다. 전화를 받고 장례문화원에 가는 길에 마음이 무거웠다. 이 길로 가면 언제든지 만날 수 있던 친구를 지금 가면 밝게 웃는 모습을 다시 볼 수 있을 것만 같은데 도저히 믿기질 않았다. 친구야 정말 그렇게 떠난 거야? 이젠 정말 볼 수 없는 거야? 이럴 줄 알았으면 틈나는 대로 가서 한 번이라도 더 볼 걸 후회가 막심했다. 불과 3개월 전만 해도 밝은 친구의 얼굴을 보고 항암치료가 잘되고 있는 줄만 알았는데… 친구야 비록 우리가 육체적으로는 이승과 저승을 달리하지만 우리의 소중하고 행복했던 추억은 언제나 같이할 거라는 걸 난 믿는다. 우리 언젠가 다시 만나면 쑥스럽고 미안해서 하지 못했던 말들 두 손 꽉 잡고 원 없이 털어놓고 싶다. 그리고 너는 이승에서 착하게 살았고 좋은 일 많이 했으니 분명 좋은 곳으로 갔으리라 믿어 의심치 않으니 그곳에서는 절대 아프지 말고, 그곳에서도 의사로서 많은 사람들 치료해 주며 행복하길 바랄게… 쓸쓸하고 안타까운 마음에 잠 못 이루는 새벽녘 친구와의 잊을 수 없는 추억들로 잠을 설치다가 문득 창밖을 보니 새벽 먼동이 검은 먹구름을 밀어내며 조금씩 밀려오고 있다.

선한 인상

사람의 인상은 천차만별이다. 쌍둥이도 나이를 먹으면서 어딘가는 차이가 생긴다. 그 사람의 살아온 과정에 따라 인상이 변하기 때문이다. 그 사람이 선한 인생을 살았는지 아니면 악한 인생을 살았는지, 그 사람의 인상을 보면 많은 세월을 지켜본 직업의 특성상 대충은 알 수 있다. 그리고 그 직감은 크게 비껴가지 않았다. 그 사람의 인상은 그 사람이 살아온 역사이다. 그 사람의 인상은 스스로 말을 하지 않아도 그 사람의 마음의 거울이다. 또한 그 사람이 가지고 있는 에너지의 선명도이기도 하다. 선한 생각, 선한 마음은 사람의 인상을 편하게 만든다. 그래서 죄가 많은 사람은 왠지 불안하고 그로 인해 신경이 예민하다. 다른 사람들에게 쉽게 마음을 열지 못한다. 반면에 성품이 선한 사람의 인상은 대하기가 편안하고 밝다. 불교에서는 번뇌의 불꽃을 지혜로 꺼서 번뇌가 소멸된 상태라고 표현한다. 즉, 열반에 오른 사람의 인상이 아닌가 싶다. 우리가 복잡 다양한 현대사회를 살아가면서 어떻게 선하게, 선한 인상으로만 살아갈 수 있냐? "가난한 사람이 먹고살기도 벅찬데 선하게 산다는 것은 사치다."고 말하는 사람들도 있겠지만 그 사람의 선한 인상은 경제력하고는 별개이다. 마음이 넉넉한 사람만이 여유롭고 편안한 인상을 가진다. 몇 년 전 단칸방 어려운 환경에서 폐지를 팔아서 번 돈을 몸이 아픈 어린이들을 위해 써달라고 300만 원을 기탁했던 할머니를 뉴스에서 본 적 있다. 그때 그 할머니의 편안한 표정을 잊을 수 없다. 정말 선하고 편안한 인상이었고 이분이야말로 열반의 경지에 이른 분이 아닐까 싶었다. 아무리 돈이 많아도 욕심이 많고 마음이 작은 사람은 항시 자신은 가난하다고 생각하고 조급하며 쉽게 사람을 의심한다. 그리고 남의 눈을 의식하지 않고 자신의 생각이 옳다고 스스로 최면을 걸어버린다. 그리고 격앙된 상태에서 이치에 맞지 않고 정제되지 않은 막말을 해버린다. 이런 부류의 대부분은 감정의 기복이 큰 즉흥적인 사람들이다. 이건 자기중심적 사고를 해버리는 독선이라 생각된다. 경찰 업무을 하면서 가끔씩 겪어야 하는 어려운 진상 손님들이다. 필터링이 되지 않은 자신의 감정에 의해서 일단 일을 벌여놓고 다른 사람에게 마음의 상처를 주고 제대로 수습도 하지 않으려 한다. 내가 어릴 때 인상 깊게 읽은

책의 내용을 인용하면 중세기 때 프랑스 사람들과 영국 사람들이 같은 마차를 타고 가던 중에 마차 바퀴가 큰 돌부리에 부딪혀 마차가 크게 흔들리자 프랑스인들은 비명을 지르며 아우성을 질렀고, 영국사람들은 차분히 공포심을 억누르고 앉아 있다가 다행히 마차가 고비를 잘 넘겨 주행을 하자 프랑스인들은 언제 그랬냐듯이 다시 떠들고 웃고 했던 반면에 영국인들은 그제야 흥분된 놀란 마음을 표현했다는 내용이 생각난다. 성격상으로는 프랑스인들이 스트레스를 덜 받으며 살 것 같다. 하지만 더불어 사는 세상에서는 자신의 즉흥적이고 정제되지 않은 언행이나 행동이 큰 위험을 초래할 수 있고, 타인에게는 뼈아픈 상처를 줄 수 있다고 생각한다. 이건 그 사람의 성격 문제라고 단정 지을 것이 아니라 어떤 상황에서도 기다려 주는 배려하는 마음이다. 서로의 배려하는 마음이 서로에게 감동과 행복을 줄 수 있고, 이런 작은 마음이 모이고 서로 나누려고 노력할 때 서로에게 공동체 의식이 생기고 좋은 에너지를 갖게 되어 자신 또한 편안한 인상뿐만 아니라 내면까지 선한 인상을 갖게 될 것이다. 그리고 그것은 자연스럽게 남에게도 진심으로 편안하게 보일 것이다.

쉬어가는

유난히도 추웠고 길게만 느껴졌던 임인년 초겨울, 검은 호랑이의 기를 받아서인지 많은 시련이 있었다. 코로나의 확산, 러시아와 우크라이나의 전쟁, 개인적으로는 어머니의 건강악화, 친구와의 사별, 진급에서의 낙방 등 너무도 힘들었던 연초를 넘기면서 그래도 그저 주저앉을 수 없는 한 번의 인생이라 마음을 다져보려 주먹을 불끈 쥐어보지만 몸과 마음이 지쳐 있다. 아무 생각 없이 공원을 걷다가 길가 옆에 피어 있는 앙상한 매화의 나무에 조그맣게 피고 있는 꽃망울을 희한한 듯 바라보며 나도 모르게 발걸음을 멈추고 한참을 서 있었다. 정말 앙상한, 시커멓게 타 죽은듯한 가지에서 신기하게도 매화의 꽃봉오리가 맺혀 있다. 매화가 가장 먼저 봄의 소식을 전하는 전령인가 싶었다. 지난해 그렇게 떠났던 이 매화 꽃망울처럼 내 곁을 떠난 소중한 사람들도 이 봄에 돌아온 꽃망울처럼 다시 볼 수 있다면 얼마나 좋을까? 나도 매화처럼 실오라기 하나 없이 모든 걸 내려놓고 타임캡슐에서 잠시라도 쉬었다가 봄의 전령처럼 매화의 꽃망울로 나타나 삶에 지친 사람들에게 희망의 메시지를 전하고 싶은 생각이 들었다.

촛불 하나

일탈행위

재앙은 겹쳐서 온다고 했던가? 요즘 같으면 멘붕이 올 정도로 힘든 일이 많다. 어차피 인생은 주식과도 같아서 오르막 내리막이 있다고 위안을 삼고 있지만 나이가 들어 면역력이 떨어져서인지 너무 힘들어 컨디션이 바닥을 치고 있다. 피할 수 없으면 즐기라고 가급적 즐기며 살려고 노력은 하는데 며칠 전에 마음의 상처를 크게 입었다. 악마를 보았기 때문이었다. 야간근무를 하는데 밤 11시 30분경 신고가 폭주하고 있었는데 덕진동 소재 원룸에서 전혀 모르는 남자가 자기 집 초인종을 누르고 소리를 지르며 발로 차고 있다는 다급한 신고가 들어와 나와 여직원이 같이 출동을 하게 되었다.

현장에는 키가 180cm 정도가 넘어 보이는 건장한 체구의 젊은 남자가 소리를 지르고 있었다. 입에서는 술 냄새가 진동을 하고 심한 욕설을 하며 문을 열라고 해서 술에 취해서 자기 방을 못 찾아 그러는 것 같아 원룸 이름과 몇 호에 사는지를 묻자 묻는 말에는 답변을 하지 않고 욕설을 계속하면서 누가 우리 집에 들어가서 문을 안 열어준다고 고성을 지르는 것이었다. 그래서 진정시키고 방을 찾아주려고 했지만 너는 뭐냐며 우리 여경의 멱살을 잡으려고 하는 것이다. 그래서 내가 더 큰 사고를 미연에 방지하기 위하여 여경에게 동영상 녹화를 부탁하고 체포술에서 배운 대로 그 남자의 팔을 꺾어 바닥에 넘어뜨리고 수갑을 채운 후 지원요청을 했다. 그리고 다른 순찰근무자의 지원을 받아 그 사람을 가운데에 태우고 나와 남경이 양쪽에 타고 지구대로 동행하는 순찰 차량 안에서도 입에 담을 수 없을 정도로 욕설을 하며 운전석 시트에 계속 발길질을 하자 젊은 순경이 못 움직이게 좌측 어깨를 붙잡으니 그 사람이 순경의 우측 어깨를 두 번이나 온 힘을 다해서 물었고 그 순경의 어깨와 팔이 시커멓게 피멍이 들어 있었다. 그리고 공무집행방해치상의 현행범으로 수사서류를 만드는 동안 사무실 내 집기를 발로 차는 등 계속해서 행패를 부렸다. 다음 날 알게 된 사실이지만 그 남자의 고향은 전남 장성이고, ○○대학교에 재학 중인 대학생이었고, 슬프게도 아버지가 경찰관이고, 어머니는 교사라고 하면서 다음 날 용서를 구하고 가셨다는 것이다. 나는 고등학교를 기독교 미션스쿨을 나왔는데 성경 시간에 목사님이 하셨던 말씀이 생각났다. 하나님이 인간을 창조하실 때 인간의 코를 통해서 입김을 불어 넣어 인간에게는 영혼을 주셨다고 하셨다. 그럼 이 사람은 신의 실수로 누락된 것인가? 아니면 처음부터 악마인가? 도저히 인간으로서 어떻게 저럴 수 있을까? 충격이었다. 만약 이런 사람을 젊은 나이에 잡지 못한다면 기분 나쁜 일이 있다고 술에 취하여 무고한 국민의 생명과 재산에 큰 위협이 될 것이고 만약 이런 사람들이 좋은 환경을 배경으로 정제되지 않은 상태로 정치인이 된다면 푸틴이나 김정은처럼 폭군이나 독재자가 될 수 있기 때문이다. 세상에는 음과 양이 있듯이 천사와 악마가 공존하는 것 같다. 그래서 우리가 선과 악의 선택의 기로에서 어느 대열에 설 것인가를 결정하기 위해서는 어려서부터 많은 관심과 반듯하게 클 수 있도록 해서 선과 악을 구분할 수 있는 노력이 필요한 이유인 것이다. 그럼 선과 악의 기준은 어떻게 구분할까? 내 생각에는 겉모습에는 별 차이가 없다. 그런데 악한 이들에게는 공통적인 특징이 있다. 분노조절 장애, 그리고 자신의 욕심을 채우기 위해서는 타인의 불행을 개의치 않는 이기적인 성격. 그래서 어릴 때부터 자신밖에 모르고 자라게 되고, 동굴의 우상에 빠져 자신이 얼마나 큰 죄를 짓고 있는지를 모른다. 정말 안타깝게도 선량한 사람들을 기망하여 자신의 위상을 절대자의 경지에 올려놓은 몇 명의 폭군들로 인하여 지구촌이 하루도 조용히 넘어가는 날이 없을 정도이다. 그래서 어린 시절부터 가정이나 학교에서는 우수한 사람이 되도록 교육시키는 것도 중요하지만 이보다 더 중요한 것은 다른 사람들과 공동체 의식을 가지고 더불어 사는 따뜻한 마음을 가르쳐야 한다. 요즘 핵가족화되면서 귀한 자녀들에게 특화된 환경에서 특별한 교육을 고집하는 학부모가 늘어나다 보니 사회성이 떨어지고 남들과 잘 어울리지 못하는 학생이 늘고 있다. 그러다 보니 독선적이고 좀 거칠어지고 있는 성향이 있고, 학부모들도 자식들과 관련된 일은 빨리 흥분하여 선생님을 함부로 대하기도 한다. 그래서 학교에서도 선생님들이 이런 학부형들에게 시달리기 싫어 이미 인성교육을 포기한 지 오래되었다. 내가 다년간 학생범죄를 최일선에서 취급해 본 경험으로는 학교생활을 잘하는 학생의 가정은 화목하지 않은 집이 거의 없었던 것 같다. 꼭 좋은 학벌, 경제적으로 좋은 환경의 문제가 아니라 부모와 자식 간에 때론 친구같이, 때론 스승처럼 잘 다독이며 가식 없는 영혼의 대화로 학생의 본분에서 이탈하지 않도록 관심을 기울여야 할 것이다. 몇 년 전 여중생 아버지가 파출소에 찾아와 가출신고를 해야겠다며 딸년이 이제 중2인데 집을 자주 나가서 며칠씩 들어오지 않는데 어떻게 해야 하냐며 격앙된 목소리로 하소연을 하였다, 그래서 내가 물어보았다. 딸이 집엘 안 들어오려고 하는 이유에 대해서도 생각해 보신 적은 있는지 묻자 자기는 하는 일이 바빠서 그렇게 신경쓸 만큼 한가하지가 않다는 것이다. 그래서 형편이 되는 대로 딸애의 방부터 딸의 취향에 맞게 새롭게 리모델링 해주고 책상도 새것으로 사주어 사춘기 예민한 시기에 오히려 분위기를 집에 오고 싶을 정도로 바꿔주고 친구들도 집에 초대해서 집에서 편하게 놀 수 있도록 한번 해보라고 권하였다. 그런데 그날 이후로 다른 파출소로 발령 나서 갈 때까지 거짓말처럼 단 한 번도 아버지가 가출신고를 하러 오지 않았다. 부모가 때론 친구같이, 때론 프러포즈를 청하는 연인들처럼 이벤트로 감동을 줄 수 있는 관심과 사랑, 그것은 산 교육의 시작이자 일탈행위의 안전지대인 것이다.

피어나는

사선에서 죽음을 준비해야 하는 전쟁통에도 봄꽃은 피었을까
얼마나 많은 사람이 쓰러져야 마음속에 악마를 제거하려나?
생명의 소중함을 모르는 그들에게 얼어붙은 마음이 풀리고
평화의 새순이 돋아 악마의 위선으로 얼룩지지 않은 벚꽃처럼
순수하고 웅장한 신의 사랑과 진심이 전해지면 좋겠다.

펜데믹으로 인류가 앓아도 꿈틀꿈틀 봄은 반가운 듯 다가온다.
돌부리에 눌려 있던 야생화도 봄의 희소식을 전하고 있는데
얼마나 많은 파괴를 한 후에 마음속에 이기심을 제거하려나.

생명의 소중함을 모르는 그들에게 사랑의 새순이 돋아

들에 핀 야생화의 붉은 열정이 사랑으로 전해지면 좋겠다.

온화한 인상

　나는 세상을 온화하고 부드러운 마음으로 살고 싶지만 그게 마음 같이 안 된다. 아직은 수양이 부족해서 그런 게 아닌가 싶다. 왜 그럴까?

　곰곰이 생각해 보니 마음의 여유가 없어서인 듯하다. 지금까지 살아온 경험으로 볼 때 내가 좀 손해 본듯할 때가 사실 더 많은 행운이 찾아왔던 것 같다. 그런데 사람들은 그 순간을 못 참고 주변에 적을 만드는 경우가 많다. 누군가에게 베풀며 산다는 것이 결코 쉽지는 않다. 그리고 온화한 표정은 삶에 여유가 있고 타인을 배려할 때 자연스럽게 생기는 것이다. 난 업무의 특성상 많은 사람들을 접

한다. 그러나 아쉽게도 만나는 사람들이 거의 화가 많이 나 있든지 불만이 가득한 사람들을 만난다. 그 사람을 상대하다 보면 나도 모르게 평정심을 잃을 때가 있다. 그래서 나중에 후회한 적도 많았다. 좀 더 그들에게 친절하게 대할걸, 조금은 더 힘들더라도 인내하고 따뜻하게 대할걸… 결국 여과작용이 안 되면 나도 힘들고 그들에게도 마음의 상처를 줄 수 있는 것을… 그래서 하늘은 스스로 돕는 자를 돕는다는 말이 있는 것 같다. 타인에게 정성을 다할 때 어떤 대가를 기대하기보다는 내가 타인에게 베풀 수 있는 여유가 있다는 것이고 결국 내 마음의 평온을 가져올 수 있다는 것이다. 꼭 물질적인 것을 말하는 것이 아니라 화난 사람들, 또는 불만이 많은 사람들에게 마음의 안정을 찾게 해줄 때, 그리고 내가 조금은 더 힘들었지만 인내를 하고 진심을 다하였을 때 그들로부터 믿음을 갖게 된다는 것을 경험으로 느꼈었다. 다른 사람에게 베풀 줄 아는 사람은 일부러 온화한 표정을 지으려 하지 않아도 자신의 몸에 맑은 에너지(氣)가 생겨 자신도 모르게 온화한 표정이 나오는 것 같다. 그래서 나이 먹을수록 그 사람의 인상은 그 사람의 살아온 역사이고 그 사람의 풍경화인 것이다. 내 인생의 후반전은 좋은 풍경화를 그리기 위해 좀 더 웃고, 베풀고 마음의 여유를 갖고 온화한 모습으로 살아야겠다. 결국 그 삶은 나에게 평온을 가져다주는 수단이기 때문이다.

장엄한 이별

잘 가 엄마! 미안해 엄마! 잘 가 엄마! 화장터에서 절규하며 울부
짖던 여동생의 목소리가 아직도 귓가에 환청처럼 반복해서 들린다.
정말 가셨나요, 어머니. 정말 다시는 돌아오지 못할 곳으로 가신 건가
요… 어떻게 이렇게 허망하게 가실 수 있나요… 일제강점기에 태어나
전쟁을 겪으며 격동의 세월을 지나, 가시덩굴 같은 생을 살다가 가신
어머니. 험한 일도 마다치 않고 오로지 자식 걱정으로 살아온 희생의
긴 세월, 요양병원에서 9년간을 계시는 동안에도 약 2년 동안은 코로
나 팬데믹으로 문병도 못 하고 보내드린 것이 너무도 가슴 아픈 일이
다. 코로나가 오기 전에는 면회 끝나고 "엄마 나 갈게요." 작별 인사로

두 볼을 만지면서 나올라치면 글썽이는 눈망울로 "다음 주에 또 와 아들." 그리고 코로나 때문에 2년 넘게 제대로 뵙지도 못했는데 아직도 어머니와의 이별이 실감이 나질 않는다… 입관 전에 만져본 싸늘한 엄마의 얼굴, 그 곱고 따뜻하던 엄마의 볼이 앙상한 광대뼈와 써늘함만 남아 있었다. 나도 살 만큼 살았고, 산전수전 다 겪었다고 생각했는데, 터져 나오는 눈물이 멎질 않아 주위 사람들에게 창피한 생각도 들었다. 일주일 전 새벽 5시경 형한테 전화가 왔다. 그날따라 왜 그렇게 잠이 오질 않아 뒤척였던 건지 새벽 5시경 형한테 전화가 왔다. 이 시간에 형한테 전화가 온 것에 순간 불길한 예감이 들었다. 예감대로 어머니가 돌아가셨다는 것이었다. 이렇게 허망할 수가… 한참을 침대에 걸터앉아 수건을 얼굴에 두르고 울었다. 어머니에게 마지막으로 꼭 하고 싶은 말이 있었는데 결국 이렇게 말하지도 못하고 보내 드리고 말았다. 엄마! 마지막 길을 배웅하지 못해 죄송합니다. 그리고 마지막으로 하고 싶었던 말은 내 심장에 꾹꾹 담아놓았다가 다시 만나는 날 다 말할게요. 이 세상에 나를 태어나게 하고, 일찍 돌아가신 아버지 대신 나에게 생존의 방법을 일러주신, 내 인생에서 가장 밝은 등대였던 어머니! 나에게는 세상에서 가장 장엄하고 눈이 시리도록 위대한 생을 살다 가신 울 엄마! 한평생 너무도 고생만 하시다가 가셨으니 이제는 부디 편안한 곳으로 가세요. 그리고 다시 태어난다면 다시 나를 자식으로 맞아주세요. 그때에는 이번 생에서 같이하지 못해 언제나 마음 한쪽이 시린 제주도여행, 해외여행, 호텔 숙박도 같이하고 맛있는 음식도 같이 먹고 정말로 잘할게요…

꽃길이든 가시밭길이든

사랑하는 그 임은 동틀 녘 단아한 모습으로
이별의 말도 없이 그렇게 가셨다.

어차피 만남은 이별을 전제로 찾아오는 거라지만
지천명의 나이에도 이별은 익숙지 않다.

꿈에 본 내 임은 지금도 작별 인사를 하지 못한 채
아무 말 없이 눈물만 짓는다.

변하지 않는 한결같은 마음으로 나를 묵묵히 지켜보다가
홀연히 떠나가신 그 길을 언젠가 나도 뒤따라 가리다.

그 길이 꽃길이든 가시밭길이든 뼈저리게 보고 싶은
내 임을 볼 수 있다면 난 기쁜 마음으로 그 길을 따라가리다…

아름다운 세상

　세상에서 가장 아름다운 것이란, 외모가 아름다운 사람은 호감은 가지만 마음이 아름다운 사람은 감동을 준다는 것이다. 며칠 전 야간근무를 하던 중 새벽 4시경에 보슬비가 내리는데 주택가 골목길 차량 뒤에서 주취자가 자고 있다는 신고를 받고 이제 입직한 지 1년 정도 된 신임순경하고 현장에 나갔었다. 비는 오는데 골목길 주차된 차량 뒤에서 40대 남자가 자고 있었다. 핸드폰이 바지 주머니에서 빠져 바닥에 나와 있었고 머리 옆에는 구토를 했었다. 그 모습을 본 나는 심란해서 나도 모르게 머리를 돌려버렸는데 신임순경은 순찰차에 가서 물티슈를 가져와 얼굴에 묻은 이물질을 닦아

주는 것이다. 그래서 내가 휴대폰을 집어 가족 연락처를 찾아 연락하려 했지만, 패턴을 걸어놓아 연락도 취할 수 없었고 호주머니에는 주거지를 확인할 수 있는 신분증도 없어 어쩔 수 없이 신임순경과 들어서 순찰차에 태워 지구대로 데리고 와 소파에 뉘어놓았다. 그 순경이 곧바로 2층 숙직실에 올라가서 베개를 하나 가지고 오더니 주취자의 머리 아래에 놔주는 것이다. 쇼킹이었다. 솔직히 난 저렇게까지는 해보지 못했다. 아무리 만취라고 하여도 자신을 방치해버리는 무책임한 행동에는 어느 정도 그에 맞는 책임이 따라야 한다는 게 나의 지론이었는데 베개까지 가져다가 머리 아래를 받쳐주는 순경의 모습이 신선한 충격을 주었다. 그리고 진정 내면의 아름다운 모습이 아닌가 하는 생각이 문득 들었다. 세상을 살면서 누구나 곤경에 빠지거나 실수로 과오를 저지를 수 있을 것이다. 그럴 때 주변에 누군가 따뜻한 손을 내밀어 주는 사람이 있다면 그 사람 또한 그 따뜻한 마음을 간직하고 있을 것이 아니겠는가? 그럼 우리 사회가 얼마나 훈훈해질까 하는 생각이 들자 우리 신임순경이 너무도 아름다워 보였다. 그리고 그 순경을 통하여 지금까지 느껴보지 못했던 새로운 걸 깨우쳤다. 그래서 내가 그 순경에게 "너에게 감동받았다."라고 말하자 "아닙니다."라고 말하며 밝은 미소를 띠는 것이다. 요즘 젊은 사람들 자기밖에 모르고 이기적인 사람들만 있는 것 같아도 자세히 보면 착한 사람도 많구나. 나의 편견이 깨지면서 마음이 훈훈해졌다. 그리고 해가 뜨고 6시쯤 주취자는 잠에서 깨어 일어나 어떤 상황이었는지 자초지종을 듣고 "죄송합니다." 인사를 하고 귀가했다. 부디 저 사람에게도 우리 신임순경의 따뜻한 마음이 전해져 누군가 곤경에 처해진 사람에게 손을 내밀어 줄 수 있는 아름다움이 전해졌으면 좋겠다. 그것이 우리가 함께하는 아름다운 세상이고 그 세상은 누군가 힘들고 어려울 때 서로 힘이 되어주고 함께함으로써 많은 색상이 어우러지는 공동체의 아름다운 세상이 아닐까 생각한다.

보물

엄마! 도와주세요. 엄마 이 사람 불쌍해서 어떡해. 이 사람 살게
해주세요. 하나님 불쌍한 이 사람 살려주십시오…

약 1년 전 집사람 우측 어깨에 종양이 생겼는데 자꾸 커져서 동
네 정형외과에서 조직검사를 해보니 지방종이라고 해서 별걱정 없
이 제거 수술을 했었다, 그리고 1년이 지난 후 종양이 더 커져 전북
대학교병원 정형외과에서 MRI를 찍어보고 조직검사를 했는데 상
태가 심각하다고, 바로 제거 수술을 해야 한다고 해서 종양이 있던
어깨를 약 10cm 넘게 파낸 후 좌측 허벅지에서 살을 떼어 어깨에
이식수술을 했다. 약 2주는 팔과 다리를 움직이면 안 되는 상태라

침대에 5일째 움직임 없이 누워 있는데 담당 의사에게 MRI 및 조직 검사 결과를 물어보니 악성이라고 하는 것이다. 그러자 집사람이 고개를 떨구며 한숨을 쉬는 것이다. 그러더니 "제발 아니기를 바랐는데." 말문을 잇지 못하는 것이었다. 담당 의사는 수술이 잘되었으니 너무 걱정하지 말라고 위로를 하였지만 난 뭔가 크게 잘못된 거라고 직감하게 되었다. 집사람은 오히려 태연한 듯 식구들 걱정하니 당분간 말하지 말자고 하였다. 나 또한 의사가 수술이 잘되어 걱정하지 말라고 하였으니 걱정하지 말고 잘 자라고 안심시키고 집으로 돌아가는 길에 휴대폰으로 악성에 대해서 검색해 보았다. 사실 그때까지도 안 좋은 것으로 알고는 있었지만 악성이 암을 말하는 것인지 몰랐다. 너무 놀라고 가슴이 아파져 와 한동안 운전을 하지 못했다. 겨우 집에 도착해 편의점에서 맥주를 사 와 잘 마시지도 못하는 맥주를 단숨에 들이켜고, 덩그러니 혼자남은 집에서 미어지는 가슴을 움켜잡고 한 손은 입을 막고 목놓아 울었다. 넉넉하지도, 똑똑하지도 못한 그저 평범한 경찰에게 시집온 지 25년 만에 이제 겨우 아파트 하나 마련하여 자리 잡았는데, 정신없이 달려온 외길인생에 희망이 보이는 듯했는데 잘해준 것도 없이 고생만 시켰는데… 집사람 심정 이해해 주지 못하고 울렸던 때, 운동한답시고 나 혼자 밖으로 나다니며 서울에서 나 하나 바라보고 시집왔던 집사람을 외롭게 한 것까지 너무 미안했고, 후회가 막심했다. 정말 하루하루가 피가 마르는 일과를 보냈다. 그리고 3주 후 나에게 마지막 책무를 다할 수 있도록 기회를 주기 위해서인지, 나의 기도가 통

했는지, 기적처럼 가느다란 희망이 보였다. CT와 MRI 사진을 찍어 본 결과 정말 감사하게도 아직 전이된 암세포가 발견되지 않았다 며 이대로 가면 안심해도 좋을 것 같다는 담당 교수님의 진단이 있 어 나를 아는 모든 사람에게 감사한 마음뿐 이었다. 지금은 휠체어 를 잡고 밀고 다닐 수 있을 정도로 회복되었다. 하나님! 어머니! 감 사합니다. 세상에서 가장 소중한 보물을 지켜주십시오. 이번 한 번 만 도와주신다면 더 열심히 살고, 더 감사하며, 더 사랑하며, 더 간 절한 마음으로 살겠습니다.

이 땅의 전쟁은 지구의 재앙

세계 각국의 지도자 중에 전쟁 마니아 악마들로 지구촌의 안전이 큰 위협이 되고 있다. 러시아, 중국, 북한 등 몇 명의 욕심 많은 분노 조절 장애인들이 지구의 멸망을 재촉하고 있다. 전쟁이 개인의 자존심, 정치적 야욕, 분노에 의해서 지구의 큰 재앙으로 다가오고 있다. 핵실험이나 핵전쟁 등으로 지구의 생태계가 무너지고 지구 지각의 파괴와 이상기온으로 계속해서 쓰나미 같은 엄청난 재앙이 밀려올 것이다. 적어도 태양계에서 가장 아름다우며 생명을 잉태하게 해준 지구라는 행성을 함부로 파괴하고 하고 싶은 대로 오염시키고 있는 대가이며 자업자득이 아닐 수 없다. 주여! 하나님! 부디 이 사람들이 생명을 존중할 수 있도록 사랑을 주십시오. 오늘날의 전쟁은 산 자보다 죽은 자가 더 많을 것이고, 살아도 핵으로 인해 지구가 견디질 못해 결국 지구의 종말은 불가피하게 될 것이다. 전쟁은 몇 명의 욕망에 불타는 분노조절 장애인들이 저지르고 고통은 대다수의 일반 사람들이 당해야 하는 현실에 분통이 터진다. 누구든지 자국보다 힘없는 국가를 전쟁으로 굴복하게 하려는 자가 있다면 많은 국가가 연합하여 국가 간의 불가침 조약을 체결하여 국제 질서를 보여주어야 하고 그 사람이 어떤 지도자라면 민주주의의 꽃인 선거로 철저히 배제해야 할 것이다. 아무리 승리하는 전쟁일지라도 피해자는 한 가족의 가장이고, 사랑하는 가족을 잃고 오열하는 선량한 사람들이다. 진정으로 승리하는 자는 싸우지 않고 슬기롭게 공생하는 방법을 찾는 자가 진정 승리자일 것이다. 하나님! 제발 분노조절 장애와 야욕으로 가득 찬 이들에게 전쟁으로 인해 사랑하는 가족을 잃게 되어 겪을 국민의 고통을 먼저 직접 느끼게 해주십시오. 그리고 이 땅에 핵을 사용하는 어떤 전쟁도 결국 지구생명체의 멸종과 지구의 재앙으로 결부된다는 것을 느끼게 해주십시오.

□ 크리스마스이브에 찾아온 손님

며칠째 눈이 하얗게 내려 덕진공원이 마치 크리스마스 카드처럼 내 마음의 갈등, 삶에 찌든 영혼을 깨끗이 정화시키는 것 같다. 잠시 덕진공원 겨울 풍경에 젖어 있는데 '푸드덕' 내 머리 위로 산비둘기가 내려와 깜짝 놀라 몸을 움츠렸다. 어이없어 눈을 뭉쳐 나를 놀라게 한 비둘기를 향해 던졌다. 맞지는 않았지만 잠시 '푸드덕' 피하더니 자꾸 나에게 다가오는 것이다. 그래서 왜 산비둘기가 사람을 무서워하지 않지? 신기하다는 생각에 살짝 손을 내밀어 보았다. 그래도 연신 '구구구' 하면서 내 발에서 30cm까지 다가와 무슨 말을 하는 것처럼 보였다. 너무도 신기해서 발밑까지 다가와 있는 산비둘기를 휴대폰으로 찍었다. 원래 산비둘기의 눈이 붉은색인가? 마치 슬퍼서 우는 것처럼 붉어 보였다. 문득 6개월 전에 돌아가신 우리 어머니가 비둘기로 환생을 하신 건가? 하는 엉뚱한 생각을 하게 되었다. 사실이든 아니든 반갑게 손을 내밀었더니 '구구구구' 하면서 잠시 후 '푸드덕' 날아가 버렸다. 이게 모두 현실이라면 이렇게라도 볼 수 있어서 너무 좋았다. 내일은 아침에 어머니 계신 추모원에 가서 어제 덕진공원에 오셨었냐고 물어보아야겠다. 세상에 모든 생명에는 존재의 이유가 있으며 내가 소중한 것처럼 다른 생명을 소중히 알아야겠다는 생각을 했다. 산비둘기가 다시 찾아오면 먹이라도 주고 싶은데 그때를 위하여 준비해야겠다. 추운 날씨에 배까지 고프면 어떡하지 걱정이 된다. 이번 겨울은 모든 생명체가 따뜻하고 행복한 겨울이 되었으면 좋겠다.

CCTV의 결정적 증거

    약 일주일 전 야간근무 중 새벽 6시경 ○○대학교 구 정문 앞 지하보도 입구에서 20대 초반의 여자라면서 강간당할 뻔했다는 112 신고가 접수되어 지구대가 비상이 걸렸다. 현장에 순찰 차량들이 급거 출동하고 신고자가 말한 인상착의의 남자들을 발견하여 일단 신병확보 후 신고자에게 연락을 취했으나 전화를 받지 않아 순찰 요원들이 분산하여 주변을 순찰하던 중 휴대폰을 받지 않고 주변을 배회하는 20대 초반의 여자를 발견하고 이상하게 생각되어 112에 신고한 사실이 없느냐고 물었으나 처음에는 그런 사실 없다고 하였다가 신고자 확인을 위하여 전화를 다시 누르자 그 여자의 주머니에서 휴대폰 벨소리가 울리는 것이었다. 그래서 그 여자에게 또다시 묻자 횡설수설하여, 상대방의 남자들에게 사실관계를 묻자 자신들은 억울하다면서 마침 앞 건물의 CCTV가 녹화되어 있을 거라고 하여 그 건물의 관리인에게 양해를 구하고 CCTV를 분석해 본바, 20대 초반의 여자가 자기 집에 태워달라고 부탁을 했는데 남자들이 이를 거부하자 자신이 운전을 잘한다며, 자기가 운전을 해주겠다며 운전석에 타고 운전을 하려고 하는 것을 차주가 운전석에서 밖으로 끄집어 낸 장면이 나와 신고자에게 왜 거짓신고를 했느냐고 묻자 "사실은 자신의 부탁을 들어주지 않아 약올라서 그랬다."라고 하여 신고자를 허위신고로 즉결에 회부하였다. 이 사례를 보면 만약 CCTV가 설치되지 않았다면 그 남자들이 억울하고 큰 누명을 쓸뻔했다. 그래서 혹시 어떤 사람이 이상한 행동을 한다든지, 시비를 걸면 주변에 CCTV가 설치되어 있는지? 아니면 주변에 주차되어 있는 차량에 블랙박스가 설치되어 있는지? 그것도 여의치 않은 경우 휴대폰으로 동영상을 촬영해 놓는 등 본인의 결백을 입증할 수 있는 적극적 대처로 억울한 누명을 쓰는 일이 없어야 할 것이다.

수선화

깊은 산기슭 가파른 바위산 중턱 바위틈 사이로 하얀 수선화가
약간은 수줍은 듯 바람에 흔들리며 우아한 몸짓을 하고 있다.
3월의 시린 바람을 온몸으로 맞으면서도 환하게 웃고 있는
그 자태가 마치 하늘정원에서 떨어진 꽃씨가 꽃망울을
터트린 듯 신비롭다.

욕심 같아서는 그 꽃을 꺾어오고 싶지만 내 욕심으로 인해
가지가 잘려나간 고통을 생각하니 그저 눈으로 담고 돌아섰다.
그리고 그 꽃이 향기로운 바람에 꽃씨를 날리어

자신만의 사랑의 열매를 맺어 많은 이들에게 또 다른 생명의 경이로움을 전하였으면 좋겠다.

세상에 불가능한 일은 없다

어제는 야간근무를 하면서 새벽녘 의자에 앉아 가면을 취하던 중 문득 기적을 이루어 낸 어느 여경을 생각하니 퇴직을 2년 앞둔 나에게도 앞으로 살면서 어쩌면 길라잡이가 되지 않을까? 하는 생각에 느끼는 대로 정리를 해보았다. 혹시나 이글을 보는 공시생이나 승시생이 있다면 조금이라도 도움이 되지 않을까? 하는 생각에 새벽을 여는 마음으로 글을 적어보았다. 22년도 상반기 정기 인사 때 40대 중반의 경감 여경이 지구대 팀장으로 발령이 났었는데 그 팀장은 6년 전에 시험으로 경감 진급 후 지방청 여청 수사팀으로 발령이 나서 근무를 하면서 전혀 진급 공부를 하지 못했다고 하였다.

업무적으로 많은 것을 챙겨야 하는 이유도 있었지만 중학교에 다니는 큰딸이 사춘기를 보내면서 예민해져 잦은 마찰과 가정주부로서 역할 등으로 책을 볼 여유가 없었는데 최근 애들이 좀 커서 여유가 생겨 경찰의 마지막 승진시험인 경정시험에 도전하고자 지원해서 경찰서 소속 지구대 팀장으로 나왔다는 것이었다. 나는 처음에는 중학교에 다니는 딸과 5살짜리 늦둥이 아들을 키우는 가정주부 경찰관으로서 그게 가능할까? 싶어 반신반의했는데 경찰시험의 끝판왕인 경정시험, 그것도 실질적으로 사법고시와 견줄 정도로 쉽지 않은 시험이라서 옛날에는 사법고시 시험에 합격해서 사법연수원 연수를 마치고 경찰에 입직하면 경정 계급장을 달아줄 정도로 어려운 시험인데 정말 충격적이게도 전북에서 7명 뽑는 합격자 명단에 있는 것이다. 그것도 단 1년 만에 어떻게 이게 가능하지? 경찰대 출신, 간부후보생 출신들과 경쟁해야만 하는 불리한 여건에서 여러 가지 악조건임에도 순경 출신이 이렇게 엄청난 결과를 만들 수 있었던 이유가 무엇이었을까? 곰곰이 생각해 보니 그 팀장은 사소한 신고도 간과하지 않았고 조금은 지나칠 정도의 집중력을 보였다. 그래서 처음에는 팀장이 저렇게까지 할 필요가 있을까? 하는 의문도 들었었다. 지금 생각하면 뭐든지 정성을 다하는 그녀의 열정이었다. 모든 사건·사고를 법률적, 매뉴얼적 사고로 해결하였고, 경찰관으로서 갖추어야 할 사명의식이 있었다. 그리고 사회적 약자에게 항시 따뜻한 마음으로 평정심을 잃지 않았고, 검소한 듯 인정이 많았다. 어떤 50대 남자가 타지에서 전주에 온 후 집에 갈 여비가 없다는 노숙자 같은 사람에게 만 원짜리 몇 장을 아무도 모르게 주는 것을 우연히 보았었다. 그래서 하늘은 스스로 돕는 자를 돕는 것인가? 하는 생각도 들었다. 그리고 합격자 발표 후 1년 동안 어떻게 공부했었는지 물어보니 쉬는 날 시어머니에게 5살짜리 아이를 맡기고 독서실에 가면 공부하는 시간을 아끼기 위하여 식사로 햇반을 선택했고, 반찬 냄새를 안 나게 하기 위해서 반찬 없이 햇반만을 먹으면서 시간을 아꼈다는 말을 듣고, 놀라지 않을 수 없었다. 그리고 눈에 필요한 영양제 등을 꾸준히 먹었다고 하였고, 짧은 시간에 끝내려는 마음이 간절해서인지 더욱 집중력 있게 하루하루를 보낸 것이 좋은 결과를 낳았다고 하였다. 정말 세상에 불가능한 것은 없는 것인가? 간절함과 열정이 있다면 그 어떤 사람도, 그 어떤 일도 불가능하지만은 않을 것 같다는 생각이 든다.

바람

봄 들녘 한가운데 어디선가 낯익은 느낌에 나도 모르게
가던 길을 멈추고 잠시 꿈을 꾸듯 서 있다.
노란 물결 유채꽃들의 흥겨운 몸짓과 풀잎들의 조용한 합창은
어느새 나를 달콤한 10살의 순수하고 걱정 없는
시골 어린 머스마로 되돌려 놓았다.

조금은 시린 듯 포근한 봄바람은 오랜 세월
아득하게 기억되어 남아 있는 엄마의 숨결 같다.
이처럼 나의 영혼을 맑고 순수하게 돌려놓은 봄바람은

어디에서 오는 걸까? 아직도 찾지 못한 내 삶의

평온을 찾기 위해 이 바람을 따라가고 싶다.

그리고 이 바람이 지구촌 어딘가에서 삶과 죽음을 넘나드는

그들에게도 평화와 사랑의 전도사가 되었으면 좋겠다.

• 변산 마실길

벚꽃길의 추억

그녀와의 추억이 병풍처럼 펼쳐져 있는 또 다른 봄

그 길에서 벚나무에 기대어 고개를 떨군 채

글썽이는 그녀를 보았네

그렇게 담담하게 떠났던 그녀였기에

행복하리라 믿었는데 그리고

한 번도 부르지 못한 그리운 이름

그래서 가슴이 터질듯한 간절한 마음으로

다시 내 이름을 불러주길 기다렸는데…

행복하냐고 묻고 싶었지만 먼발치에서

망설이다가 그녀는 떠나버렸네

나를 잊지는 말아 달라며 햇살에 반짝이며

눈부시게 슬픈 마지막 춤을 추고 떨어지는 벚꽃잎을

흐려진 눈으로 멍하니 바라보았네

그대여 내가 외로운 만큼 그대도 외로워진다면

다시 내 이름을 불러다오

우리의 추억만큼 벚꽃은 다시 피고

나는 또 기다릴 테니…

〈이 글을 쓰게 된 이유〉

요즘 코로나를 겪으면서 사람들이 분노조절 장애, 공황장애 등으로 인하여 스토킹 범죄를 범하는 사람들이 급속하게 늘어가고 있으며 특히 순간의 분노를 참지 못하고 남·여 간의 치정으로 치닫는 경우가 많은데, 유행가 가사처럼 천 번을 접어야만 학이 된다는 말처럼 인연은 쉽게 이루어지는 게 아니라 많이 인내하고 기다린 후 그래도 인연이 된다면 비로소 진정한 사랑이 이루어지는 거라 생각하면서 소중한 인연은 그리 쉽게 오는 것이 아니니 조급하게 결정하지 않았으면 하는 마음으로 이 글을 쓰게 되었습니다.

촛불 하나

비야

비 오는 늦은 밤 너는 말했지
같이했던 지난날 행복했다고
하지만 나는 그 말 믿을 수 없었어
이것이 정녕 이별이란 말인가

단호히 돌아서 가는 너의 뒷모습
힘들었던 시절에 함께했던 시간들
가슴이 아려와 힘없이 주저앉았네
미안해 소중한 사랑 지키지 못해서

흐르는 눈물 감추려 밤하늘 보니

빗물인 듯 눈물인 듯 흔들리는 가로등 불빛

너에게 달려가 매달리고 싶었지만

너무도 사랑해서 그럴 수 없었네

그렇게 떠나는 마음도 어쩔 수 없겠지만

차갑게 산산이 흩어지는 이 빗물들처럼

굽이굽이 먼 바다에서 만나게 되리니

그날을 위하여 묵묵히 나의 길을 가련다

촛불 하나

함께하는 우리 사회

경찰관 생활을 30년 넘게 하다 보니 수많은 사람들을 만나고 또 상대하여 이야기를 해보면 그 사람의 본성이 어떤가를 대충 알 수가 있다. 아무리 술에 취해도 본성이 착한 사람은 자신의 과오를 인정하고 용서를 구하는가 하면, 정말 대할수록 힘들게 하는 사람이 있다 우리들 사이에서는 악성 민원인이라고 불리는 사람들이다. 물론 경찰관이 원칙을 지키고 매뉴얼대로 한다고 해도 상대방이 보기에 맘에 안 들 수도 있고, 일 처리 과정에서 격한 마음에 본인도 모르게 말실수를 할 수도 있다. 그러나 어떠한 경찰관도 가급적 모두가 불평 없이 원만히 처리하여 민원을 타지 않으려고 노력을 한다는 것은 부인할 수 없는 사실이다. 그것은 모든 경찰관이 자신의 신상에 관계가 되기 때문이다. 그럼에도 불구하고 가끔씩은 불의를 보고 참지 못하는 강직한 젊은 직원들의 경직된 일 처리로 말미암아 안 일어날 수도 있는 어려움이 생기는 경우도 더러 있는 건 사실이다. 그래서 나는 젊은 직원들에게 그 사람들이 상식적이지 않은 언행을 하더라도 일단은 그 사람들이 처해 있는 입장을 한번 생각해 보고 판단을 하라고 코칭을 한다. 그들은 외롭다. 그들은 사는 게 막막할 수 있다. 누군가 의지할 만한 사람도 없다. 그들은 항상 피해의식을 가지고 있다. 어렵겠지만 그들에게 일단은 친구 같은, 때론 가족 같은 진정성 있는 말 한마디가 그들에게는 오래 기억될 것이며 경찰의 이미지를 바꿀 수가 있기 때문이다. 며칠 전 공원 옆 대학교 주차장 내 차량 옆에서 사람이 쓰러져 있다는 신고를 접하고 우리 지구대 직원이 현장에 가보니 유명한 상습 주취자였다. 이 사람은 현재 특수절도로 구속영장이 발부되었고, 벌금 수배 4건에 800만 원 벌금 미납이 있는 사람이었다. 그래서 형집행장이 발부된 것을 확인한 후 위 내용을 고지하고 지구대로 연행하여 필요한 수사서류를 만들고 있었는데, 주취자가 사소한 일로 체포한 직원에게 시비를 걸며 고성을 지르는 것이다. 그래서 상황이 복잡해질 것 같은 예감이 들어 곧바로 그 수배자에게 나하고 이야기 좀 하자고 말하며 사무실 밖으로 데리고 나가 진정시키고 잘 달래니 얼마 안 되어 온순해져 젊은 직원에게 사과하고 서류를 완성시킨 후 내가 직접 동승하여 관할 지방검찰청에 신병을 인계하였다. 이 사람은 평소 지나가는 행인이 자주 신고를 하게 만드는 사람이었다. 술에 취하면 도로 옆이든 주차장이든 가리지 않고 잠을 자는 사람으로 집에 데려다주면 약 일주일 정도는 조용히 있다가 또 만취 상태로 도롯가에서 다시 만난다. 그래서 나보다 10살 정도 연하인 그 사람에게 "술 좀 조금씩 마시고, 술을 마시고 싶으면 집에 사 가지고 가서 편하게 마셔라."고도 여러 번 이야기했지만 "형님! 미안합니다. 난 살고 싶은 마음이 없어요. 그냥 이렇게 살다가 죽으면 끝나죠."라고 말하면서 모든 대화가 끝나는 사람이었다. 그래도 미안하다는 말은 꼭 하는 사람으로, 본성은 착한 사람인데 인생을 너무 힘들게 산 사람 같아 말이라도 따뜻하게 해주었다. 내 말은 잘 듣는 편이고 본성은 착한 사람 같아서 어느 정도는 정도 들었던 사람인데 이렇게 막상 구속영장이 발부되어 있고, 벌금 수배가 4건이 있어서 어쩔 수 없이 신병을 검찰청에 인계를 해야만 했다. 검찰청에 가는 길에 자신은 고아 출신이고 술을 안 마시면 통증 때문에 잠을 못 자기 때문에 날마다 마시지 않을 수가 없다고 하였다. 그래도 꼭 이겨내고 극복하길 바란다고 말을 했지만 마음은 씁쓸했다. 우리 사회의 어두운 그림자로 사는 사람들이 의외로 많다. 그런데 그 사람들 대부분이 정상적인 사회생활을 할 수 없는 것이 문제이다. 물론 그 사람들이 누구를 원망만 할 수도 없는 게 현실이다. 그렇다고 공동체 사회에서 그들을 포기할 수도 없는 것이니 무조건 개인의 책임으로 미루어 방치하는 것도 있을 수 없는 일이다. 그럼 이들을 어떻게 해야 할까? 무엇보다도 본인의 의지가 있어야 할 것이지만, 그들에게도 새로운 인생을 살 수 있도록 한 번의 기회는 주어야 할 것이다. 예를 들어 알코올중독이 있는 자는 국가나 지방자치단체에서 비용을 지급하는 알코올중독 치료 병원에 입원시켜서 치료를 받게 하면서 치료와 병행하여 병원 내에서 우리 사회의 일원으로 같이 참여할 수 있도록 안정적인 직업 훈련을 할 수 있는 갱생시설이 필요하다. 그래서 병원에 있는 동안 자신이 할 수 있는 일에 자신감을 갖게 해주고 퇴원 후에는 사회적 업체에 취업할 수 있는 시스템이 절실하다. 그들에게도 무언가 어려운 난관을 극복할 수 있다는 희망을 주어 제2의 인생을 살도록 도와주어야 할 것이다. 그렇지 않으면 99%는 한 달 안에 다시 사고를 치고 교도소나 병원에 재입원하는 것이 자명하기 때문이다. 누구나 어려운 환경과 방임하는 생활 속에서 돌이킬 수 없는 상태까지 가버리는 낙오된 사람들에게 자기 인생에 희망을 가지고 살아갈 수 있는 방법을 알려주어 사회에 잘 적응할 수 있는 한 번의 기회는 주어져야 하지 않을까 생각된다. 그들도 우리 사회에서 훌륭한 재원이 될 수 있고 큰 역할을 할 수 있다는 희망을 가질 수 있도록 도와주어야 한다. 그들이 있어 우리가 있고, 우리가 있어 국가가 있는 것이니, 그들에게도 사는 동안 자신의 일에 보람을 느끼며 행복한 여생을 살 수 있는 기회가 주어지면 좋겠다.

젊음아

하늘을 찌를 듯 솟구치는 젊음아
그대 그대에게는 큰 야망이 있어라
천하를 흔들 듯 패기 있는 젊음아
그대 그대에겐 불가능이 없어라

우리는 어떤 실패도 두려워하지 않아
넘어져도 또다시 일어나는 오뚝이니까
우리 우리에게는 절망이란 있을 수 없어
아무리 힘들어도 웃을 수 있는 멘털이니까

자 뛰어 무조건 뛰어 그냥 뛰어 뛰면 되는 거야
이 길 끝에는 해답이 있어 이 길 끝에는 월계관이 있어
누군가 말했지 피할 수 없으면 즐기라고
무엇이든 즐기는 자의 에너지는 도전자의 무기

자 뛰어 무조건 뛰어 그냥 뛰어 뛰면 되는 거야
이 길 끝에는 해답이 있어 이 길 끝에는 월계관이 있어
누군가 말했지 천재를 이기는 건 즐기는 자라고
무엇이든 즐기는 자의 에너지는 승리자의 선택

〈**이 글을 쓰게 된 이유**〉

우리 사회에서 현실적으로 힘들게 살고 있는 젊은이들에게 힘이 되고 싶
은 마음과 세상에서 가장 소중한 것은 건강이고 건강해야만 행복도 기회
도 따르는 것이니, 신체가 건강하면 뭐든 도전할 수 있다는 것을 말해주고
싶어 이글을 올립니다.

촛불 하나

화분

정성을 다하면 하늘도 움직인다는 말이 있다. 그런데 그런 거짓말 같은 일이 우리 집에서 일어난 것 같다. 작년 연말에 좀 늦었지만 그래도 경감으로 승진하고 지인들로부터 축하한다며 화분을 몇개 받아서 거실 베란다 쪽에 놓아두었는데 집사람이 특별히 정이 가는지 정성을 들여 보살피고 인터넷도 검색해서 지금 6개월이 되었는데도 아직 춘란의 꽃잎이 많이 남아 있다. 사무실에 있던 꽃잎은 한 달 만에 다 떨어져 지금은 화분만 남아 창고 속에 집어넣은 지 오래되었는데 아직도 환하게 피어 있으니 나도 기분이 화사해진다. 역시 무슨 일이든지 정성을 다하는 만큼 좋은 결과가 생기는 것은 순리가 아닌가 싶다. 며칠 전 야간근무를 하고 아침에 잠을 자고 있었는데 잠결에 들으니 거실에서 집사람이 누구하고 이야기를 하고 있는 것이다. 그래서 누가 집에 왔었냐고 묻자 화분들하고 이야기했다는 것이다. 식물도 자꾸 이쁘다고 해줘야 더 씽씽해진다는 것이다. 그래서 왜 이번 화분들에 정성을 들이냐고 묻자 피식 웃으면서 "그~냥 이쁘니까 그렇지."라고 살짝 말을 더듬는 것이다. 이 말을 듣자 집사람에게 좀 미안한 마음이 생겼다. 내가 좀 더 열심히 해서 한 번이라도 진급을 더 할걸… 지금까지 그런 내색 한번 하지 않았는데 속으로는 은근 기다리고 있었구나, 라는 생각이 들었다. 그래서 미안한 생각에 마음속으로 '그래 내가 비록 진급은 많이 못했지만 건강하고 성실한 사람으로 남아 당신을 끝까지 책임지겠다'고 다짐했다.

촛불 하나

잘못된 자유

　우리 사회에 왜 법이 존재해야 할까? 그건 사회를 구성하는 구성원 상호 간에 자유와 안전을 보장받기 위해 필요하기 때문일 것이다. 만약 우리 사회가 자유가 보장되지 않는다면 우리 사회는 힘센 자가 힘으로 지배하는 동물의 왕국처럼 될 것이다. 힘센 짐승이 왕이 되고 포악한 짐승 때문에 힘없는 짐승들은 언제나 불안에 떨어야 하는 동물의 세계나 다를 바 없다. 그래서 만물의 영장인 인간은 우수한 두뇌를 사용하여 자유와 안전을 보장받기 위하여 법을 만들고 자유를 누릴 수 있는 것이다. 그런데 아쉽게도 우리 사회에서 자유를 잘못 인식하고 있는 사람이 더러 있다. 자유란 내가 하고 싶은 대로 하는 것이 아니라 내가 할 수 있는 것을 하는 것이라 생각한다. 자신의 자유가 타인의 권리를 침해할 경우 책임이 따르기 때문이다. 며칠 전 야간근무 중 새벽 3시경에 어떤 남자로부터 '여자 친구에게 폭행을 당하고 있다, 집엘 가게 해달라'는 신고로 현장에 가보니 남자의 목 부위에 손톱자국이 있었고 여자는 계속해서 남자를 때리려고 하여 분리시킨 후 자세한 내용을 물어본바, 둘은 대학교 커플인데 남학생이 그만 만나자고 하자 이에 여학생이 술에 취한 상태로 남학생을 폭행한 것이었다. 그래서 남학생에게 여학생의 처벌 의사를 물어보니 처벌은 원치 않고 그냥 집에만 가게 해달라고 해서 남학생을 귀가조치 시켰는데 그제야 여학생이 왜 남자를 그냥 보냈냐며 그 친구가 우리 관계하는 것을 동영상으로 몰래 찍어놓고 인터넷에 유포하면 경찰관들이 책임질 거냐며 주변 사람들을 의식하지 않고 고래고래 소리를 지르는 것이다. 그래서 그런 얘기를 왜 이제야 하냐며 그 남자 친구에게 전화를 해서 관할 지구대로 오라고 하였고 이 내용을 말한 후 남학생에게 확인을 위해서 휴대폰을 자발적으로 임의제출 하겠냐고 묻자 흔쾌히 제출하여 휴대폰 갤러리에서 그런 동영상이 없는 것을 확인하였고, 그 여학생에게 보여주어 확인시켜도 되냐고 묻자 상관없다고 하여 여학생에게 보여주었고, 그 여학생이 휴대폰에 그런 내용의 동영상이 없는 것을 확인하고 이제 각자 갈 길 가라고 하였으나 여학생이 다시 남자 친구와 이야기를 좀 하고 싶다고 하여 남학생에게 물어보자 그렇게 하겠다고 하여 둘이 같이 귀가를 시켰는데 약 1시간 후에 신고가 들어왔다. "공원 연못에 여자 구두가 가지런히 벗어놓은 상태로 있는데 혹시 자살한 것이 아닌지 모르겠다."는 내용의 신고로, 코드제로가 발령되어 초비상이 걸려 순찰차가 모두 그곳에 집결되어 주변 수색을 하였다. 그래서 혹시 그 커플이 아닐까 생각되어 그 남학생에게 전화를 해보니 지금 공원 옆 대학교에 그 여학생이랑 같이 있는데 그 여학생이 높은 곳에 올라가 뛰어내린다며 난동을 부리고 있으니 도와달라는 것이다. 그래서 혹시 구두는 신고 있는지 물어보니 공원에 벗어놓고 왔다는 것이다. 그래서 순찰차들을 그곳으로 출동시키고 현장에 가보니 난간에서 여학생이 고함을 지르고 남학생이 잡고 있는 것이 보였다. 그래서 여학생에게 일단 진정시키고 밑으로 내려오게 한 후 오늘은 술에 많이 취해 있으니 귀가하고 내일 만나서 다시 이야기를 하라고 하고 순찰차로 여학생이 거주하고 있는 원룸에 데려다줄 테니 가자고 하자 "내버려두라."며 "내가 알아서 혼자 걸어갈 테니 신경 쓰지 마라."며 신발도 안 신은 채 비틀비틀 걸어가는 것이다. 그래서 새벽 시간대에 이렇게 혼자 비틀거리면서 가다가 교통사고나 안 좋은 일이 생길 수도 있으니 우리가 데려다준다고 하자 "아저씨들이 뭔데 내 자유를 침해하느냐? 나 혼자 갈 테니 그냥 내버려둬라!"며 다시 높은 곳으로 올라가려 하면서 "경찰이 언제부터 이렇게 열심히 했냐."는 등 정화되지 않은 언행으로 항의를 하는 것이다. 경찰은 이런 상태로 아가씨 보호 차원에서 그냥 보낼 수 없다, 만약 이렇게 끝까지 저항한다면 수갑을 채워 보호조치를 할 수밖에 없다고 말하자 "만약 수갑을 채우면 내일 아침에 죽은 나를 발견하게 될 거"라며 으름장을 놓아 막상 나도 정말 그런 일이 일어나면 어쩌지 겁이 나서 수갑을 채울 수 없었다. 그래서 남학생에게 여학생 가족의 연락처를 혹시 아느냐고 묻자 마침 어머니 연락처를 알고 있다고 하여 전화를 하니 전화벨이 울린 지 한참 만에 주무시다 여학생 어머니가 전화를 받아 위 내용을 말씀드리고 오셔야 할 것 같다고 말하니 "여기는 타 도시이고 이 시간에 갈 수도 없으니 그냥 혼자 가게 내버려두라는 것이다. 절대 죽을 년은 아니다."며 "고등학교 다닐 때는 더했다며 혼자 가게 놔둬라."라고 하며 전화를 끊는 것이다. 오죽하면 어머니가 그럴까 이해도 하였지만 안타까웠다. 부모도 포기한 딸이지만 우리는 포기할 수 없는 신분이기 때문에 그럴 수 없었기에 우리 여직원이 다시 설득하기를 30~40분이 흐르고 일단은 집 근처까지만 데려다주기로 설득한 후 순찰차에 태우고 귀가조치를 시켰다. 오는 길에는 이미 훤하게 날이 밝아오고 있었다. 긴 시간 여학생에게 시달리면서 혹시 업무 과정에 무리는 없었는가 스스로 모니터링해 보았다. 경찰관이 업무를 처리하면서 가장 힘들고 어려울 때가 급박한 행정상 장애를 제거하기 위한 경찰관직무집행법상 보호조치 및 무기사용 한계 등이다. 이론상으로는 경찰관 직무집행법상 경찰관은 주위 사정을 합리적으로 판단하여 응급구조가 필요한 경우로 질병에 의한 정신착란이나 만취 상태에 의해 자신 또는 타인에게 해를 끼칠 우려가 있는 경우, 자살을 기도하는 사람 등은 행정상 즉시강제 처분으로 보호조치를 하도록 되어 있다. 그런데 합리

촛불 하나

적으로 판단한다는 것이 매우 어렵다. 지나쳐도 안 되고, 그 정도를 게을리해서도 안 되고, 또한 순간 판단을 잘못하여 예상치 못한 불상사가 발생하면 가족들이나, 주위 사람들은 대부분 경찰관의 편을 들지 않는다. 그만큼 시민들은 경찰관의 역할을 믿고 있기 때문일 것이다. 그리고 민주주의 국가에서의 자유란 절대적으로 보장되어야 하는 산소 같은 필수 요소이다. 하지만 나의 자유를 위하여 다른 사람의 권리를 침해한다든지, 공익에 반하는 행위를 한 경우 그것은 일반인이 누릴 수 있는 자유가 아니라 방종일 것이다. 우리 사회가 자신의 자유를 위하여 타인에게 피해를 주지 않는 범위 내에서 모두가 성숙한 자유를 누리고 살 수 있는 민주주의 사회가 되길 바랄 뿐이다. 그리고 이 여학생도 젊은 날의 방황에서 벗어나 이 사회에서 필요한 구성원이 되어 굳건하게 자신의 자리를 빛내는 인물이 되었으면 하는 마음이 간절하다.

음주운전

　며칠 전 주간근무를 하면서 오후 4시경 시내 한복판 왕복 8차로 도로의 편도 1차로에서 신호 대기 중이던 차량이 움직이지 않고 있다는 신고를 접하고 설마 대낮에 음주운전은 아니겠지, 라는 기대로 현장에 출동해 보니 불길한 예감은 빗나가지 않았다. 운전자는 운전석에 앉아 핸들에 고개를 떨군 채 잠을 자고 있는 것처럼 보였다. 그래서 순찰 차량을 앞과 뒤에 세워놓고 운전석 옆에서 불봉으로 약 5분 이상 운전석 차 유리를 두드렸고 소리를 질러 운전자를 깨운 후, 차 문을 여는 순간 술 냄새가 진동을 하는 것이다. 그래서 운전석에 있는 차 키를 뺀 후 운전자를 밖으로 나오도록 유도한 후 술을 얼마나 마셨냐고 묻자 처음에는 자신은 술을 마시지 않았고 여기까지 대리기사가 운전해 주었다고 하는 것이다. 그래서 내가 그 대리운전자 휴대폰 번호를 달라고 하면서 세상에 8차로 도로 중앙에 차를 주차하는 대리기사가 어디에 있겠냐며 추궁을 하자 아무 말도 하지 않아 음주 감지기로 간이검사를 하니 바로 붉은색 감지등에 불이 들어왔다. 그래서 차량을 안전하게 길 가장자리로 옮긴 후 음주측정을 한 결과 혈중알코올농도가 0.079%가 나왔다. 그제야 어제 고모님이 돌아가셔서 경기도에서 저녁에 장례식장에서 술을 늦게까지 마시고 여관에 가서 잠을 자려고 가려던 중이라면서 자기는 운전으로 생계를 유지하는 사람이니 좀 봐달라는 것이다. 그래서 불행 중 다행히 0.001% 차이로 면허취소는 면하고 면허정지 100일 들어간다고 하였더니 그 사람도 면허는 취소당하지 않는다는 말에 "감사합니다."라며 자신의 음주운전에 대해서 후회를 하는 것이었다. 그런데 지구대로 임의 동행 하여 수사서류를 만드는 과정에서 음주운전 전력이 있는 것이 확인되었고 그 사람에게 차마 면허취소가 된다는 말을 해줄 수 없었다. 참으로 마음이 안타까웠지만 어쩔 수가 없었다. 음주운전의 위험성에 대하여 그렇게 방송에서 캠페인을 하고 위험성을 알려도 음주운전자는 꾸준히 발생한다. 음주운전으로 인해 사망사고로 이어지는 경우도 종종 일어난다. 그래서 처벌을 강화해도 여전히 음주운전 사고가 줄지 않는 이유가 무엇일까? 오래전 고등학교 동창생 모임에서 시내 중심가에서 카페를 운영하는 친구가 경찰의 음주단속이 영업에 막대한 지장을 준다며 불평하자 치과 원장 친구가 그럼 음주운전으로 인하여 길가다가 날벼락 맞는 사람들은 무슨 죄냐며 한참을 언쟁을 벌이던 때가 생각이 났다. 그래서 사람들마다 자신의 입장에서 생각하고 자신의 이익을 추구하는 각자의 견해 차이를 알 수가 있었다. 그러나 분명한 것은 음주운전은 큰 죄악임이 틀림없다. 어떤 사회학자는 지상파 방송에서 음주운전 사고는 미필적 고의에 의한 살상 행위와 동일하게 처벌해야 한다고 주장했다. 우리 경찰의 경우에는 형사처벌은 별개로 징계 중에 가장 무거운 파면을 시켜 소청해도 다시는 복직을 할 수 없도록 무거운 중징계 처분을 하고 있다. 한마디로 인생 끝나는 것이다. 그래서 나는 음주를 할 경우에는 차를 안전하게 주차한 후 휴대폰 어플에서 다운받은 만보기로 일만이천 보를 목표로 2시간 거리 이내는 유튜브를 통해 업무상 필요한 강의를 듣는다든지 좋아하는 음악을 들으면서 귀가한다면 힐링도 되고 강의는 집중도 잘되고 무엇보다도 운동도 됨으로써 일석이조가 아닌가 생각한다. 한순간의 유혹이나 잘못된 선택으로 인해 자신과 자신의 가족뿐 아니라 피해자의 한 가족이 불행해질 수 있다는 것을 절대 잊어서는 안 된다는 생각으로 자신에게 엄격해져야 할 것이다.

촛불 하나

자살 기도자

　야간근무를 하는데 올여름 유난히 무더웠던 무더위를 잘 견디어 낸 대지에 보상이라도 하려는 듯 시원한 비가 예쁘게 내렸다. 저녁 9시를 조금 넘겨 112신고로 코드제로 긴급신고가 접수되었다. "남편이 자살하려고 아파트 옥상에 올라갔다."는 신고가 접수되었다. 순찰 중인 관할 순찰차를 급하게 오라고 하여 현장에 출동하였다. 현장에 도착해 보니 119에서도 막 도착하여 바닥에 에어 매트를 깔기 위해 준비를 하고 있었고, 신고자가 1층에서 발을 둥둥 구르고 있는 것을 발견하고 같이 옥상으로 올라가는 엘리베이터에서 몇 가지를 물어보았다. 현재 시아버지가 최근에 중풍을 맞으시어

병원 중환자실에 입원 중이라 병원에서 병 수발을 하던 중에 예감이 이상한 생각이 들어 남편에게 전화를 해보니 남편이 울면서 나 같은 건 살 가치가 없다며 미안하다, 죽고 싶다고 말하며 아파트 옥상으로 올라가면서 전화를 끊었다며 현재 남편도 우울증으로 정신과 병원 치료를 하고 있다며 계속 눈물만 흘리는 것이다. 옥상에 올라가 보니 옥상 난간에 가지 못하도록 약 2m 높이에 샷시로 바리케이드를 쳐놓았는데 그곳을 넘어 옥상 난간에 등을 지고 올라가 앉아 있는 것이었다. 비는 오고 우울증에 만취 상태, 정말 고개만 숙여도 12층 옥상에서 바로 떨어지는 상황, 일단은 바리케이드 밖에서 요구조자의 부인과 내가 그를 진정시키고 다른 팀원은 경찰서에 상황보고를 하는 등 역할 분담을 하면서 약 10여 분 흐른 뒤에 밑에서 에어 매트를 설치한 후 소방관 2명이 올라왔고 바리케이드를 넘어가 뒤에서 우리와 같이 안쪽으로 동시에 당기기로 약속한 후 소방관 2명과 젊은 순경 1명, 모두 3명이 기도자를 자극하지 않으려고 샷시로 만들어진 바리케이드에서 소리 나는 것을 최대한 안 나도록 넘어간 후 양쪽과 가운데로 잡음 없이 접근하여 양팔과 허리를 동시에 잡아당기며 안쪽으로 넘겨져 일촉즉발의 상황에서 자살기도자를 구조하였다. 남편은 30대 중반의 남자로서 약 1년 전에 결혼했는데 자기도 힘든데 아버지까지 중풍으로 병원에 입원하고 있어 부인에게 너무 미안한 마음에 살 용기가 나질 않는다는 것이었다. 그러자 부인이 내가 열심히 살면 다 해결할 수 있으니 죽지만 말라며 연신 따뜻하게 안아주자 마음이 많이 진정된 듯 우리에게 미안하다고 하였다. 그래서 순찰차로 아파트 주변에 거주하는 원룸에 데려다주었다. 이들에게 뭔가 힘이 될 수 있는 말을 해주고 싶은데 문뜩 떠오르지 않았다. 나도 아직 긴박한 현장에서 긴장이 안 풀렸던 것 같았다. 그래서 진정한 후 "두 분이 서로 사랑하면 절대 못 할 것이 없으니 지금은 좀 힘들어도 참고 살면 꼭 좋은 날이 올 거다."라고 위로의 말을 전한 후 우울증은 누구나 올 수 있는 독감 같은 것이니 절대 부끄럽게 생각하지 말고 전문의 상담을 꼭 먼저 받으라고 권한 후 어느 정도 진정이 된 것 같아 지구대로 귀대하였다. 우리 사회가 코로나19를 겪으면서 정신적, 경제적으로 무척 힘든 사람들이 많이 증가한 것을 근무하면서 신고 건수로 느낄 수 있다. 누구나 살다 보면 힘든 시간은 오기 마련이고 그 시간을 잘 견디어 낸 사람은 반드시 그 시간에 대해 보상받는 날이 온다고 믿고 지금의 힘든 시간은 훗날 소중한 자기만의 인생 여정에 대한 무용담이 될 수도 있고 이런 힘든 시간에 대한 극복은 자신의 내성을 키우고 더욱 내면적으로 성장할 수 있는 경험으로서 살아 있는 에너지임을 소중히 알고 더 굳건해져 훗날 소중한 추억으로 기억할 수 있도록 지금의 위기를 잘 견디어 냈으면 좋겠다.

사촌 형

　나에게는 1살 터울 사촌 형이 있다. 어려서부터 친형제처럼 같은 동네에서 자라고 컸다. 사촌 형네 집은 동네에서 둘째가라면 서러울 정도로 잘사는 집안이었다. 초등학교 2학년 때 임꺽정이나 113 수사본부 아폴로 11호 달 착륙 소식들을 보기 위해서는 그 형네 집에 가야만 했다 동네에 몇 집밖에 TV가 없었기 때문이었다. 그럼 몇 가지 절차가 있었다. 우선 발 검사부터 했다. 발이 더럽거나 꼬랑내가 날 경우 방안에 못 들어간다. 바로 기암에서 발을 씻고 재검을 받아야 한다. 검사를 받지 않으려면 조공으로 구슬 10개를 주었다. 그럼 무사통과 시켜 주었다. 어려서부터 그 집에서 세 들어 사는 동생들에게는 왕처럼 군림하면서 얄궂은 일도 많이 했던 형으로, 지금도 친척 모임 때 그때 이야기를 하면 주위 사람들은 사촌 형이 그랬다는 말이 믿기지 않는다면서 배꼽을 잡고 웃는다. 그런데 그 형에게 느지막이 큰 아픔이 있다. 혼기를 놓치고 나이 40에 길림성 조선족 여성과 국제결혼을 하고, 그 여자는 딸을 하나 낳았고 결혼 후 성격 차이를 이유로 3년 만에 이혼해 달라고 한 후 가출을 해버렸다. 결국 원하는 대로 이혼을 해주었는데 엎친 데 덮친다고 어린 딸아이가 선천적 정신 장애가 있는 것이었다. 지금은 15살이 되었는데 말을 못 하고 성격이 사나워 자기 뜻을 받아주지 않으면 식당이든 마트이든 바닥에 드러누워 고래고래 소리를 지르며 떼를 쓴다. 사촌 형 얼굴에 상처가 없는 날이 없다. 더군다나 요즘은 힘이 세져 손이 매서워졌다는 것이다. 그래도 자기 딸이라 사촌형이 한 말을 생각하면 가슴이 먹먹하다. "내가 저놈 죽고 다음 날 죽는 것이 내 소원이라고…" 오! 하나님 이렇게 인정 많고 착하게 인생을 산 사람인데 어찌 이런 시련을 주시나이까? 도대체 하나님이 인간에게 내리는 췻값의 기준이 무엇입니까? 지금은 딸의 폭력성 때문에 돌볼 사람이 없어서 2~3개월 후 편의점 계약 기간이 끝날 때까지는 당분간 정신병동에 입원시키고 주말에 한 번씩 면회를 가고 있는데 생각해 보면 앞으로도 어떻게 될지 암담하다. 그런데도 사촌 형은 딸애와 같이 있으면 너무나도 행복해 보인다. 몇 년 전에 홍삼 엑기스를 할인판매 하는 행사가 있어 같이 사자고 했더니 "나는 우리 딸이 나에게는 홍삼 엑기스야."라며 행복하게 웃던

모습이 생각난다. 지금 이 늦은 새벽 시간에도 졸음을 쫓아가며 편의점에서 하루 15시간 일을 하는 우리 사촌 형! 길거리에 휴지 한 장 버리지 못하는 이 착한 사람에게 왜 이런 시련이 온 것인지, 얼굴에 손톱자국이 나 있는 것이 자꾸 생각나 나도 모르게 안타까운 마음에 긴 한숨이 나오고 두 손이 모아졌다. 보통 사람이나 나 같아도 세상에서 가장 사랑하는 딸의 장애와 하루 15시간을 노동에 종사하며 일에 치여서 살고 싶지도 않고, 난 그렇게 살 수 있을는지도 의문이다. 그러나 우리 사촌 형은 그 환경에 잘 적응하고 묵묵히 견디어 내는 것을 보고 이런 생각을 했다. 신은 인간에게 주어진 대로 살 수 있도록 창조한 것이 아니라 주어진 인생을 개척하며 살도록 인간의 DNA를 설계하신 것이 아닌가 싶다. 하나님! 부디 지금부터라도 이 천사 같은 우리 사촌 형과 조카에게 신의 따뜻한 손길이 닿아 그동안 잊고 살았던 행복을 되찾게 해주시고, 더 이상 아프지 않고 혹여 아직도 가슴에 한이 남아 있다면 모든 걸 내려놓고 용서하고 소중한 사람을 소중히 지키고 사랑하며 지금은 힘들겠지만 위기를 잘 넘겨서 남은 생은 행복한 꽃길만 가게 해주십시오.

신은 존재하는가?

다사다난했던 한 해를 보내며 거리의 네온 사이로 성탄 트리와 캐롤송을 들으니 마음이 들떠 새해는 좀 더 희망적이지 않을까? 국민 모두가 행복한 한 해가 되기를 기원하면서 모두를 지치고 힘들게 하는 코로나19 팬데믹으로 불안한 일상에서 신에게 의지하고 싶은 마음이 생겼다. 신은 정말 존재하는 걸까? 신이 있다면 인류의 삶과 죽음에 어디까지 관여하는 것인가? 나는 지금까지 수백, 수천 번은 생각하고 나름대로 정보를 찾아보고 머릿속에서 되새기며 답을 찾고자 습관처럼 많은 시간을 투자하면서 신과 인간의 형성관계와 인간의 정체성을 알고 싶어 나름 노력하였다. 그래서 내린 결론은 인간의 문명이 아무리 발전하고 많은 진화를 한다고 하여도 그 능력은 절대 신의 영역에 근접할 수 없다는 것이다. 그래서 나는 감히 신은 존재한다고 확신한다. 이런 생각을 하는 이유는 이 세상을 좀 더 과학적으로 접근해 볼 때 광활한 우주와 황홀한 지구, 그리고 아름다운 자연은 정말 누군가의 초정밀, 초열정의 완성체로서 이는 절대자의 능력이 아니면 도저히 만들어질 수 없는 완벽한 작품이기 때문이다. 이 우주에는 먼지 하나도 저절로 만들어지거나, 저절로 움직이는 것이 없다. 모든 사물의 변동은 우주의 대원칙인 힘의 원리, 즉 작용과 반작용에 의해서 에너지가 만들어지고 중력에 의해 우주의 끊임없는 변화가 발생하는 것이다. 그 에너지의 시작은 절대자의 능력이 아니면 이렇게 엄청난 우주와 아름답고 신비로운 지구가 절대 생겨날 수 없는 것이다. 그래서 나는 엄청난 일련의 사건들이 모두 완벽하게 우연에 의해서 만들어졌다고 볼 수 없으므로 그 절대자의 존재와 능력을 믿기로 했다. 아니 믿을 수밖에 없을 것이다. 그래서 나는 인류의 탄생, 그리고 나의 존재에 대한 실체 등과 평소 살면서 궁금했던 부분들을 나름대로 과학 관련 책과 다중매체를 통해서 이 아름다운 지구의 생성과 인류의 탄생을 정리해 보았다. 태양계는 약 50억 년 전 은하계의 빅뱅을 통해서 탄생하였고, 수많은 행성이 파편으로 분리되면서 지구는 약 46억 년 전에 아주 작은 소행성으로 떨어져 나와 중력에 의해 태양을 공전하는 동안 약 10번의 다른 행성과 충돌하였다. 이때 다른 행성이나 혜성과 부딪치면서 두 행성의 주변에 있던 파편들이 흩어졌다가 중력에 의해 두 행성의 덩어리가 다시 합해져 현재 지구의 상태로 부피를 키우게 되었다. 그리고 마지막 충돌로 파괴되면서 엄청나게 멀리 떨어져 중력권 밖으로 나가버린 덩어리가 다시 돌아오지 못하고 지구의 위성인 달이 되었고 그때 충격으로 자전축이 약 23.5도 기울어졌다. 그로 인해 지구에 계절이 생기게 되었고, 특히 약 35억 년 전에 혜성(얼음성)과 부딪치면서 지구에 얼음이 유입되게 되면서 물이 생기게 되었는데 지구 표면의 물이 태양과의 거리가 적당한 거리에 있었기 때문에 그대로 존재할 수 있었던 것이다. 만약 지구 궤도가 태양에서 더 가까웠다면 표면의 물은 모두 증발했을 것이고 조금만 더 멀어졌다면 지구의 표면이 모두 얼어붙었을 것이다. 그리고 혜성(얼음성)과의 충돌 전에 불덩이 행성이었던 지구가 물을 만나면서 표면이 굳어지고 오늘날의 지구 표면인 지각이 만들어지게 되었고 이때 생긴 바다는 생명을 키워내는 무대가 된 것이다. 그리고 이때 다른 행성으로부터 반입된 미생물들은 지구상의 최초 생명체였고 인류의 시작이 되었다. 이 미생물은 살아남기 위하여 생명의 본질에 의해서 끝없이 진화하였고 어떤 환경이나 역경을 이겨낸 것이다. 그리고 약 2억 5,000만 년 전부터 약 7,000만 년 전까지 1억 8,000만 년 동안 지구를 지배하던 공룡들이 백악기 말 지구와 소행성의 충돌로 인하여 지구의 대폭발이 일어났고, 이 때문에 대분열이 일어났고 기온이 급속하게 떨어지고 생태계가 무너지면서 공룡 같은 거대 생물이 대량 멸종되었지만 그 빈틈 사이로 덩치가 작은 새로운 강자들이 나타나 생태계의 변화가 생겼다. 지구동결은 엄청난 지구의 재앙이었지만 인류에게는 또 다른 진화의 시작이 되었으므로 전화위복의 기회이기도 하였다. 그 후 지구 내부에서부터 바다를 통해 대기로 흘러나온 이산화탄소에 의해 빙하가 녹게 되었고 이때 광합성 작용이 활발히 이루어지면서 산소농도가 크게 증가하였고 그 산소를 통하여 다량의 콜라겐이 축적되면서 미생물의 몸집이 커지기 시작하여 진화에 진화를 거듭하게 되었고 오늘날의 인류가 된 시초가 된 것이다. 위대한 우주 공간 그리고 신비로운 지구상의 미생물과 식물들은 지구와 다른 행성들의 충돌로 인하여 약 400억 년 전부터 유입되었고 미생물에서부터 시작된 생명체가 거듭되는 합성과 진화를 통하여 약 400만 년 전 아프리카 대륙에서 기원된 현생 인류의 시초인 오스트랄로피테쿠스의 시작으로 약 20만 년 전에 오늘날 인류의 직접 조상인 호모사피엔스까지 거듭 진화하면서 이렇게 영혼을 가질 수 있을 정도로 지혜로운 지능의 소유자인 인간으로 진화할 수 있었다. 이런 엄청난 진화의 과정에 대하여 과연 절대자의 도움이 없었다면 가능할 수 있었을까? 이런 일련의 대사건들이 우연에 의해서 생길 수 있다고 볼 수 있을까? 그래서 나는 그를 절대자인 신이라고 확신하며, 신의 능력이 아니면 절대적으로 불가능한 일이라고 생각한다. 인류는 아프리카 밀림에서 자연발화의 산불 등의 원인에 의해서 그곳을 떠나 대초원으로 이동하게 되면서 필요에 의하여 직립보행을 할 수 있게 되었고, 나무를 잘 탈 수 있도록 최적화된 긴 손가락을 소유한 유인원과는 다르게 인류는 손가락이 짧은 대신 엄지손가락을 자유스럽게 쓸 수 있음으로써 필요에 의해서 정밀한 도구를 원하는 대로 만들 수가 있었으며 네발로 다니면서 좁아진 성대가 직립보행을 하면서 넓어지게 되었다. 이때부터 넓어진 성대를 이용하여 언어를 자유롭게 사용할 수 있었고 공동사냥을 통해서 육류를 섭취하게 되면서부터 뇌의 크기가 커지게 되었으며 엄청난 두뇌의 발달이 가능할 수 있었던 것이다. 그럼 과연 신은 우리 인간사에 어디까지 관여할까? 과연 사후세계는 존재하는 것인가? 인간이 한평생을 사는 동안 죄를 많이 짓게 되면 사후에 진짜 죗값을 받는 것인가? 궁금한 모든 것의 해답을 아직까지는 과학적으로 증명한 사람은 없었다. 그러나 신은 인간에게 선과 악을 구분할 수 있는 지능과 영혼을 부여하였고 선과 악은 이미 인간의 마음속에 병존한다고 생각한다. 다만 선과 악 어느 대열에 서느냐는 개인의 의지에 따라 선택해야만 한다. 만약 악의 유혹을 뿌리치지 못하고 죄를 짓게 된다면 태어날 때부터 자신의 마음에 본능적으로 내재되어 있는 선한 마음이 작용하여 양심의 가책으로 고통스러워하면서 결국 자신의 영혼은 피폐해지고 그로 인해 병이 들어 고통스럽게 살게 될 것이다. 또한 절대적 양심 없이 죄를 짓고도 파렴치하게 죄의식을 느끼지 못하고 악의 영혼으로 살다가 죽은 사람이 있다면 그 사람은 참회의 기회 없이 죽음을 맞이하게 되고 그 자손 대대로 악의 불명예로 그를 부끄럽게 기억하게 될 것이며 좋지 않은 기운은 후대에도 큰 영향을 미칠 것이다. 신은 인간이 선한 영혼으로 살면서 선한 마음으로 사랑을 실천할 때 비로소 마음의 평화를 찾아 스스로 마음속에 내재되어 있는 선한 기운을 얻게 될 것이며 신이 바라는 대로 천국에 이르는 방법을 스스로 터득하게 될 것이다. 우리는 선한 생각을 하고 서로를 사랑하며 자비를 베풀 때 간절히 원하는 만큼 필요에 의해서 선한 유전자로 진화하도록 설계되어 있다고 생각한다. 그 이유는 지구에 있는 생명체들이 생존본능에 의해서 살아남기 위하여 수없이 많은 시간 동안 위기를 극복하면서 진화했듯이 인류도 생존본능에 의해서 간절한 만큼 많은 위기를 극복하였고 새로운 환경에 적응하며 조금씩 조금씩 진화해 온 과정이 있었음을 인류학자들은 증명하고 있다. 다행스럽게도 인류에게는 다수의 선한 영혼들이 많았고 그들의 노력이 있었기 때문에 이처럼 훌륭하고 건강한 지구를 지켜낼 수 있었던 것이다. 그러나 최근 들어 소수의 이기적이고 난폭하고 광적인 권력자들이 등장하면서 과거 재래식 무기와는 완전 다르게 현대식 무기와 핵을 이용하여 전쟁을 일으키고 지구의 환경을 무작위로 파괴하고 있다. 그들은 신이 46억 년 동안 정성으로 만들고 가꾸어 놓은 완벽하고 황홀한 작품인 지구 행성과 인류 그리고 지구상의 모든 생명체의 터전에 큰 위협을 가하고 있다. 어떤 과학자는 지구가 산업혁명 이후로 섭씨 1도가 올라갔으며 계속해서 인간이 환경을 파괴한다면 2040년이면 북극의 얼음이 완전히 사라지고 태양의 에너지를 대기로 반사할 수 없게 되어 지구의 온난화가 가속화되고 있다고 했다. 또한 북극의 얼음으로 덮여 있던 영구동토층이 녹으면서 그곳에 있던 메탄가스가 대기에 나올 경우 현재 지구 온난화의 주

범인 이산화탄소보다 21배 더 강력한 온실가스인 메탄 온실가스가 나와 지구 온난화가 급속도로 진행되어 온도가 섭씨 2도까지 오르게 되는 불상사가 발생한다면 지구에 살고 있는 생명체의 생태계가 완전히 무너지면서 이 때문에 회복시킬 수 없는 인류의 멸종으로 치닫게 될 거라는 전문가들의 예측이다. 지금 세계는 극단 이기주의와 폐쇄주의 국가의 단 몇 명의 정상들에 의한 전쟁에 혈안이 되어 지구생명체에 대한 대량학살과 이에 따른 지구의 생태계를 경쟁적으로 파괴하고 있다. 지구의 재앙은 전쟁 국가에만 오는 것이 아니고 지구촌 인류의 공동책임이니 국경을 초월하여 세계 각국 정상들이 모여 머리를 맞대고 지구환경을 위하여 이를 심각하게 받아들이고 이들을 국제법이나 경제적 압박 등으로 강력한 규제를 해야 할 때이다. 또한 극한 이기심으로 기후변화협약 등 환경단체의 국제기구에서 탈퇴하려는 국가 정상이 있다면 지구촌이 단합하여 낙선운동을 하여야 할 것이다. 지구의 위기는 어느 한 국가만의 위기가 아니고 어느 한 국가만의 책임도 아니다. 지구촌에서 생활하는 인류 모두의 책임인 것이다. 또한 지구는 우리의 영원한 소유물도 아니고 한평생 머물렀다가 다음 손님을 위하여 머문 흔적을 남기지 않고 깨끗하게 떠나야 하는 투숙객에 불과하므로 개인의 욕심에 눈이 멀어 마음대로 파괴하고, 다수를 속인 후 전쟁의 정당성을 빌미로 많은 소중한 생명들을 학살하게 된다면 그 사람은 어떤 방식으로든 그에 맞는 대가를 치러야 할 것이다. 신이 우리 인간에게 높은 지능을 가질 수 있도록 도와준 것은 지구를 잘 가꾸고 잘 보존한 후 다음 세대에게 안전하게 물려주라는 뜻이 있을 것이다. 만약 인간의 계속되는 환경파괴와 과다한 이산화탄소 배출로 지구의 온난화를 가속화한다면 결국 인간의 이기심으로 인해 지구의 많은 생명체의 생태계가 멸종을 하게 되고, 결국 인류 또한 멸종의 위기를 겪게 될 것이다. 그것은 모든 생명체가 스스로 결정하게 되어 있는 우주의 대원칙이 있기 때문이다. 과거 지구의 역사가 그랬듯이 인간이 생존과 멸망의 절박한 상황에서 지금처럼 멸망의 길을 선택한다면 약 2억 5,000만 년 전부터 7,000만 년 전까지 약 1억 8,000만 년 동안 지구를 지배했던 백악기 말기 많은 양의 폭식을 필요로 했던 공룡들처럼 먹이사슬의 최상위 포식자의 위치에서 한순간에 멸종될 것이다. 공룡들이 모두 멸종된 지구의 5차 대멸종이 그랬듯이 환경에 잘 적응하게 된 음지의 작은 동물 중에 하나가 수많은 시간 동안 진화와 진화를 거듭하면서 공룡이나 인류가 그랬듯이 지구의 다음 최상위 포식자가 될 것이다. 그리고 지구 온난화에 의한 생태계 파괴 외에 버금가는 지구의 또 다른 큰 위협은 지구 대폭발이다. 인간의 우수한 두뇌는 편리함과 풍성함을 제공하지만 인간의 과욕에 의해서 잘못 쓰게 된다면 오히려 지구에 큰 위협이 될 것이다. 그중 가장 큰 위협은 인간이 만든 핵무기이다. 핵폭탄 하나가 반경 45km가 넘는 지역을 초토화시키는 엄청난 위력을 가지고 있다. 정말 큰 문제는 이 핵무기가 지구에 결과적으로 위기를 주게 될 거라는 사실을 인식하지 못하는 인간들이 자신의 권력이나 사적 이익을 위하여 악의 대열에서 악마의 존재로 남아 있다

는 것이다. 국제평화연구소의 연구발표에 의하면 세계에서 공식적
으로만 9개국에서 1만 3,000개 이상의 핵무기를 보유하고 있는데
위 연구원의 시뮬레이션에 의하면 $100kt$의 약 550개 핵무기를 폭
발시킬 경우 110억에서 1,030억 파운드의 연기와 그을음을 대기권
상층부에 발생시키고 그 화력이 빛을 차단하는 연기와 대기 중의
오염물질이 성층권으로 운반되어 지구가 급속냉각되어 약 7도가
량 떨어지면서 세계적으로 흉작을 일으킬 것이며 과거 지구의 제5
차 대멸종의 원인이었던 빙하시대보다 더 큰 기후변화가 있을 것
으로 예상된다는 것이다. 또한 핵폭발은 지각변동으로 이어져 화산
대폭발은 불가피하게 일어나게 될 거라고 연구진이 밝혔다. 우리가
절대 잊지 말아야 하는 것은 지구의 내부 중앙에 있는 핵은 6,000
도가 넘는 엄청난 핵이 내재되어 있다는 사실이다. 그 핵이 위와 같
이 핵폭탄이나 핵실험 등에 의해서 지구 내부의 핵을 싸고 있는 파
손된 맨틀과 지각을 뚫고 나오게 될 경우 화산폭발의 연쇄작용으
로 돌이킬 수 없는 지구의 대폭발로 이어질 수 있다는 것이다. 그
럼에도 몇 명의 극단적이고 광적인 이기주의자와 폐쇄주의 국가들
의 정상들에 의해서 지구가 화약고가 되어가고 있다. 단언컨대, 신
이 인간에게 우수한 두뇌를 가질 수 있도록 도와주고 인간을 선택
한 이유 중의 하나는 지구 생태계의 개체 수를 조절하고 지구의 모
든 생명체가 조화롭고 평화롭게 살 수 있도록 지구를 지키라는 뜻
이 있는데 오히려 인간들이 지구의 큰 위협이 되고 있음을 인식해
야 한다. 어떠한 경우에도 신은 인간의 선행과 악행에 대하여 절대

섣불리 관여하지 않는다. 그 이유는 모든 생명체는 절박한 상황에 도달해야 비로소 생존의 간절함에 의하여 살아남기 위하여 그 환경에 적응하면서 진화하든지 또는 멸종하든지 스스로 결정해야 하기 때문이다. 신은 인간에게 출생과 더불어 선과 악을 구분할 수 있는 영혼을 부여하였는데 악마의 유혹에 그 본성을 지키지 못한 자에 대해서는 스스로 깨우치고 선한 대열에 돌아오길 바라면서 긴 세월을 지켜볼 뿐이다. 또한 인간의 과오에 대해서도 절대 관용을 베풀지 않는다는 것이다. 결국 지구의 온난화로 인한 생태계 파괴, 그리고 핵을 이용한 전쟁과 이에 의한 화산 대폭발로 인하여 모든 인류와 지구 대부분의 생명체를 멸종의 위기로 몰고 갈지, 아니면 최후의 보루로 다수의 선한 대열에 있는 사람들이 하나가 되어 이기적이고 광기 있는 사람들에게 대항하여 지구를 지켜내어 태양계에서 가장 아름다운 행성, 그리고 유일하게 생명체가 살 수 있는 행성인 지구를 보존할지에 대한 마지막 선택은 현재 지구상에서 먹이사슬의 최상위 포식자인 인간이 스스로 결정해야 할 것이며 만약 지구의 생태계를 지키지 못한다면 그 누구도 그 책임에서 자유롭지 못할 뿐만 아니라 인류 멸종의 위기에 직면하게 될 것이다.

변사자와의 인공호흡

경찰관 생활 34년째인 지금도 긴장되는 신고 중 하나가 변사사건 신고이다. 변사란 사망원인을 정확히 알 수 없는 사망사건을 말한다.

고인의 사망원인을 정확히 파악하기 위해서는 119에 공조요청을 한 후에 현장에 빨리 출동하여 다른 사람들이 무심코 증거를 훼손하기 전에 현장보존을 위해 폴리스 라인을 치고 면장갑과 덧신 등 개인보호장구를 착용 후 가장 먼저 해야 할 일은 변사자의 생사를 파악하기 위하여 변사 의심자의 체온과 호흡을 체크한 후 미세하게나마 의식이 있는 경우 119구급대가 도착하기 전에 1명은 심폐소생술을 하는 등 응급조치를 하면서 다른 1명은 가급적 의식을 잃기 전에 수사상 결정적 단서가 될 수 있는 내용을 간결하게 물어보아 타살의 경우 범인 검거에도 신경을 써야 할 것이다. 그것이 억울하게 사망하게 된 고인에 대한 한을 풀어주는 경찰관의 역할일 것이다. 그리고 현장은 증거의 보고라고 할 정도로 사건해결의 중요한 장소이다. 지구대, 파출소 등 지역 경찰은 초동 수사단계에서 취득한 정보나 단서를 강력형사나, 과학수사반에게 제공하고 수사정보를 상호 공유하고 사망 시에는 변사사건 발생보고의 절차를 밟아 사건을 강력형사에게 인계함으로써 마무리한다. 보편적으로 몸이 차갑거나 피부가 어두운 색으로 변해 있었다면 사망시간이 어느 정도 지났다는 상황이다. 사망 후 시간이 경과함에 따라 피부의 색이 암적색으로 변하는데 이를 시반이라 한다. 이런 경우 경찰은 구급대에서 이미 사망했다는 판명이 내려지게 되면 변사사건 처리를 진행하게 된다. 즉, 변사자의 사망원인을 수사하여 정확하게 규명하는 절차를 밟는 것이다. 만약 타살에 의한 외부흔적이 있거나, 목 졸림 사망 등의 의심이 되는 경우 또는 사망원인이 정확하게 판명되지 않은 경우, 검사의 지휘를 받아 사체부검을 한다. 지난해 겨울에는 초봄의 기운이 느껴질 때쯤, 어느 날은 하루에 오전과 오후에 각기 다른 원룸에서 두 분의 고독사에 대하여 처리한 적도 있었다. 겨울에 추울 때보다는 초봄에 변사사건이 많이 발생하는데 그 이유는 갑자기 일교차가 심한 날씨 중에 추운 날씨에는 교감신경이 활성화되면서 혈관이 수축될 수 있어 심장으로 피를 보내주는 혈관이 수축되면서 심근경색(심장마비)의 위험성이 높아지기 때문이라고 한다. 갈수록 핵가족화되면서 원룸에서 홀로 고독사를 당하는 사례가 늘고 있는 것이 안타까운 현실이다. 이렇게 수많은 변사 사건 처리를 할 때마다 생각나는 후배 경찰이 있다. 약 10년 전에 같은 파출소에서 근무하던 30대 초반의 경찰 간부 출신이었던 ○경위이다. 지방청에서 진급시험을 대비해서 일선 파출소로 나왔다고 하였다. 곁에서 지켜본 ○경위의 성품이 직원들이나 민원인에게도 언제나 상냥했고 매사에 열심히 하는 성격이었다. 그런데 그해 10월경 50대 초반의 상습 주취자가 만취 상태에서 자신의 아파트 거실 바닥을 약 1시간 이상을 치면서 소리를 지르자 층간소음으로 신고가 되어 현장에 출동하여 이를 하지 못하도록 제지하자 욕설을 하며 같이 출동했던 파트너 경찰관의 멱살을 잡고 폭행을 하려는 것을 제압하였고 공무집행방해로 입건했는데 경찰관이 과잉진압을 했다며 변호사를 선임해서 독직폭행으로 고소를 하여 검찰청과 법정에 불려 다니는 등의 고난이 찾아왔다. 시험을 두 달 앞두고 맘고생이 이만저만이 아니었다. 곁에서 보는 나도 힘들었고 어떤 위로의 말을 해야 할지 안타까웠다. 모든 직장생활에서 누구나 나름대로 힘든 때가 있겠지만 경찰업무에서 가장 힘들 때가 만취 상태에서 호전적인 상태로 변한 사람들을 상대할 때이다. 그들은 자신이 한 행동, 언행은 기억하지 못한다. 정말 우리뿐만 아니라 주의 이웃들을 힘들게 하는 존재였다. 결국 아파트 주민들이 참고인 진술을 정확히 해주어 혐의를 벗었지만 우리는 그런 일을 한 번 겪게 되면 몇 개월이 우울하게 지나간다. 그리고 얼마 지나지 않아 나하고 순찰차를 타는 야간근무 중 밤 10시경에 관내 ○○아파트에서 신고가 접수되었다. 자기 집사람이 보험회사에 다니는데 직장 회식 후 밤 8시경에 집에 거의 다 왔다는 전화통화를 했는데 지금까지 집에 오지를 않고 있다. 무슨 사고가 나지 않았나 걱정이 된다는 신고였다. 그래서 휴대폰 위치추적 신청을 하였더니 거주지 아파트에 최종 위치가 뜨는 것이다. 그래서 그 차량을 찾기 위해 아파트 단지를 몇 바퀴 수색하던 중 지하주차장 구석에서 그 차량을 발견했다. 그래서 차 안을 들여다보니 차주가 운전석에서 시트를 뒤로 젖히고 누워 있는 것이다. 그래서 차 문을 두드려 보았으나 아무 인기척이 없어 차 문을 열고 "사모님! 사모님!"을 여러 번 불러봤지만 의식이 없는 것 같아 손을 잡아보았더니 써늘하였다. 그래서 불길한 예감이 들어 ○경위와 같이 운전자를 밖으로 들어내어 바닥에 반듯하게 눕혔다. 그리고 나는 119에 전화하여 현재 상황과 정확한 위치를 알려주고 빨리 출동해 줄 것을 독촉한 후 신고자인 남편에게 전화를 해서 지하주차장으로 오라고 전화를 한 후에 ○경위를 보니 이마에 땀을 뻘뻘 흘리면서 심폐소생술과 인공호흡을 교차로 하고 있는 것이다. 잠시 후에 남편과 딸이 왔고 옆에서 발을 동동 구르며 "어떡해 어떡해." 하면서 울고만 있어서 내가 딸에게 옆에 와서 팔다리를 같이 주무르라고 하여 같이 주무르던 중 119구급차량이 도착해서 곧바로 병원으로 후송하였으나 안타깝게도 끝내는 돌아가셨다는 것이다. 이미 심장마비로 돌아가신 상태였다는 것이다. 참으로 허무한 생각이 들었다. 아직 50대 나이에 찾아온 돌연

사, 정말 한 생명이 이렇게 허망할 수 있나? 결국 변사사건 처리를 마치고 ○경위에게 "○경위 정말 고생 많았네!"라고 말을 하자 "고생은 무슨 고생인가요, 당연히 해야 할 일인데요."라고 말하는 것을 보고 나는 마음속으로 생각했다. 젊은 사람이 사명감 없이는 이미 사망한 지 상당한 시간이 지나 얼굴에 핏기가 없었음에도 어떻게 한 치의 망설임도 없이 인공호흡을 할 수 있을까? 그것은 어떻게든 살려야 한다는 의지가 강했었기에 가능한 행동이었다. 그리고 ○경위는 이듬해 1월 그 어렵다는 경감시험에 우수한 성적으로 합격하였다. 그래서 마지막 세상을 떠나는 그분이 우리 ○경감에게 감사하는 마음으로 도움을 주지 않았겠나 생각이 되었다. 지금도 변사사건을 처리할 때면 그때 생각이 떠오르면서 혹시라도 생존에 가능성이 없는지, 억울한 타살의 정황은 없는지 더 꼼꼼히 살펴보고 한 생을 마치고 떠나신 현장에서 고인에 대한 마음이 경건해진다.

흐려진 기억력

　이제 정년을 1년 남짓 남겨놓고 나에게도 신체에 변화가 찾아오고 있다는 것이 느껴졌다. 며칠 전 약 5년 전에 같이 근무했었던 친동생 같았던 동료 아우가 내가 근무하는 지구대에 찾아왔다. 정말 반가워 커피도 한 잔 타주고 그동안 어떻게 지냈는지 안부를 묻기도 했다. 그런데 그 동생의 이름이 생각이 안 나는 것이다 '와~내가 왜 이러지? 나한테도 이런 일이 생기다니' 그 순간에도 충격에 걱정이 앞섰다. 그리고 동생이 돌아가고 한참을 생각한 후에 이름이 떠올랐다. 이 이야기를 친한 친구에게 했더니 자기도 그런 경험을 많이 겪어서 내과에 가서 약을 처방받아 복용하고 있다는 것이다. 나도 이를 가볍게 볼 일이 아니라고 생각하고 내과에 가서 상태를 이야기한 후 3개월 치 약을 처방받아 복용하고 있다. 의사는 나 이를 먹으면 뇌에 혈액공급이 잘되지 않게 되어 일어날 수 있는 현상이라고 하였다. 그래서 적어도 현직에 있는 동안이라도 꾸준히 약을 복용할 생각이다. 왜냐면 경찰관은 국가공무원으로서 국민에게 정직하고 정확한 양질의 서비스를 제공해야 할 의무가 있고 혹여 흐려진 나의 기억으로 인해 정확한 판단을 하지 못해 억울한 사람이 생겨서는 안 된다는 사명감이 있기 때문이다. 행여 이런 일이 생긴다면 경찰관으로서 현직에 있는 동안뿐만 아니라 사는 동안 송사에 휘말릴 수 있음이고 죄의식과 후회로 살게 될 것이기 때문이다. 나이 먹으면 누구나 온다는 현상이라지만 그렇게 가볍게만 볼일이 아니다. 현직에 있는 동안이라도 이를 극복하고 싶었다. 그래서 많은 걸 생각한 끝에 막연히 걱정만 할 것이 아니라 어떻게 대비를 해야 할 것인가를 생각한 끝에 다음 날 서점에 가서 뇌와 관련한 의학서를 구입해서 약 한 달을 넘게 정독하였다. 그리고 조금이라도 건강한 뇌로 살고 싶은 생각에 집중을 하며 보았다. 그래서 폭넓은 의학 전문가의 지식과 정보가 아닌 일반인으로서 살면서 나에게 꼭 필요하다고 생각되는 내용만 뽑아보았다. 인간의 뇌는 무한한 복잡성과 엄청난 능력이 잠재한 놀라운 신의 선물이다. 인간이 특별해질 수 있었던 한 가지 이유는 유난히 커진 앞이마 겉질(전두엽) 때문이다. 앞이마 겉질은 이마 두개골 바로 뒤쪽에 자리 잡고 있으며 사람 뇌의 거의 대부분을 차지하는 새겉질(신피질)의 34%

를 차지한다. 앞이마 겉질의 역할은 미래를 대비해 계획하는 능력, 공감을 표현하는 능력, 타인의 관점에서 바라볼 수 있는 능력, 사려 깊은 결정을 내리는 능력, 긍정적인 사회활동에 참여하는 능력, 인간을 인간답게 만드는 고차원적인 기능을 한다. 놀라운 것은 인간에 비하여 침팬지는 앞이마 겉질이 새겉질의 17%이고 개는 13%에 불과하다. 그래서 인간은 다른 동물과 달리 앞이마 겉질의 놀라운 진화 덕분에 신으로부터 높은 지능과 영혼을 선물받았고 만물의 영장이 될 수 있었던 것이다. 아마 지금 이 시간에도 뇌의 진화는 진행형이 되고 있을 것이다. 끝없는 뇌의 진화는 필요에 의해서 필요한 만큼 조금씩 조금씩 진행하고 있다. 우리나라 선대의 대통령 중 한 분이 정말 간절히 원하면 우주가 나서서 도와준다고 하셨던 말씀이 결코 헛된 말은 아닌 것 같다. 그것은 인간의 한계점에서 간절히 원하는 만큼 필요에 의해서 진화된다는 말과 상통한다. 우리 뇌에는 뇌 신경계의 단위세포인 뉴런이 있다. 이 뉴런은 인간이 태어나면서부터 약 1,000억 개를 가지고 태어난다. 이 뉴런은 시속 430km의 엄청난 속도로 많은 정보를 몸에 전달한다. 1,000억 개의 뉴런은 뉴런과 뉴런을 연결하는 작은 틈새인 신경전달물질인 시냅스에 의해서 정보를 서로 교환하기도 하고 몸에 전달하기도 한다. 우리가 반사신경으로 빠른 대처를 할 수 있는 능력도 이 덕분 때문에 가능한 것이다. 뇌는 정말 경이롭다 매 순간 전기신호가 시냅스(신경전달물질)를 타고 움직이며 뉴런 사이에서 정보를 전달한다. 소통이 강할수록 뉴런들은 긴밀하게 연결한다. 신경전달물질의 예로는 도파민, 세로토닌, 아드레날린, 엔도르핀 등이 있다. 사람의 뇌에는 약 10조 개의 신경전달물질인 시냅스가 그물망처럼 촘촘히 네트워크로 연결되어 있는데 이웃한 신경세포들은 가지돌기를 통하여 다른 뇌 신경세포와 접합하는 부위 즉, 신경전달물질인 시냅스에 의해 다른 신경세포에 각종 정보가 전달된다. 이런 복잡한 배선 덕분에 신경세포들은 서로 소통하면서 생각, 감각, 운동 같은 경이로운 생물학적 현상들을 만들어 낸다. 특히 도파민은 에너지, 의욕, 동기부여, 흥미 등을 부여하는 물질로 집중력이나 학습속도, 작업효과 등에도 관여하고 있으며 도파민이 부족할 경우 주의력이 떨어져 심한 스트레스나 만성적인 피로, 파킨슨병이나 우울과 약물중독에 시달릴 수 있다. 도파민 저하를 예방하기 위하여는 건강한 식습관과 규칙적인 운동이 중요하며, 조급한 마음을 내려놓고 긍정적인 마인드로 자신의 계획을 천천히 조금씩 이루어 갈 때 도파민 저하에 빠지는 것을 충분히 예방할 수 있다고 한다. 그리고 고령의 나이 또는 각종 사고로 인한 뇌 병변 등으로 뇌세포가 죽은 경우에는 재생이 잘 안 되는데 부분적으로 손상이 있는 경우에는 일부 기능이 회복될 수도 있다. 이러한 기능회복은 손상된 뇌세포가 하던 역할을 손상되지 않은 뇌세포 일부가 대신함으로써 가능하다. 이를 뇌의 가소성이라 하는데 이는 저절로 생기는 것이 아니라 건강한 뇌를 만들기 위하여 노력해야 한다는 것이다. 뇌는 마음과 일맥상통한다. 마음은 일반적으로 우리가 가슴 심장을 가리키지만 실제로는 뇌에서 일어나는 감정 반응이다. 그래서 손상된 뇌세포의 역할을 다른 뇌세포가 대신할 수 있는 뇌의 신경가소성을 위해서는 몇 가지 알아야 할 것이다.

첫째, 긍정적인 마음가짐은 뇌에 많은 힘을 발휘하게 한다는 것이다. 세상을 살면서 누구든지 스트레스를 겪지 않는 사람은 없다. 그러나 긍정적인 사람은 필터링을 통하여 어느 정도 충격흡수를 함으로써 스트레스나 걱정에서 빨리 벗어날 수 있다.

둘째, 건강한 단백질의 섭취는 뇌의 신경세포와 신경전달물질을 보호할 수 있다. 우리가 일상생활 중 비교적 쉽게 접할 수 있는 음식 중에 뇌 기능에 도움을 주는 음식을 선별해 보면 가급적이면 오메가3가 많은 등 푸른 생선류, 마그네슘이 풍부한 다시마나 견과류(하루에 호두 5알 먹기) 그리고 과일(특히 방울토마토와 딸기), 생고기 등을 균형 있게 먹음으로써 건강한 단백질을 섭취할 수 있다고 한다. 반면에 식품에 첨가물을 섞는 가공식품은 높은 지방과 나트륨, 그리고 높은 콜레스테롤의 함량을 가지고 있어 세계보건기구에서 1급 발암물질로 지정되어 있다. 아쉽게도 우리 식생활에 많은 양의 음식이 이 가공식품에 이미 길들여진 것이 사실이다. 그렇다고 하루 아침에 가공식품을 끊으라고 할 수도 없다. 각자의 놓여진 환경, 여건, 개인의 음식에 대한 기호가 다르기 때문에 건강에 좋지 않으니 절대 먹지 말라고 하는 것도 많은 스트레스를 불러올 수 있기 때문이다. 그러나 적어도 알고는 있어야 가급적 몸에 해롭다는 인식하에 음식의 선택의 기로에서 피할 것이 아닌가, 라는 생각이다. 40년 지기 중·고등학교 동창으로 치과 원장으로 있던 단짝 친구가 약 2

년 전에 위암으로 3년 동안 항암치료를 하다가 결국 저세상으로 떠났는데 그 친구가 투병 중에 동창 모임에서 몇 번을 주의 주었던 말이 "절대 가공식품은 먹지 말라."는 말이었다. 아마 경험담을 진심 어린 마음으로 우리에게 전한 것이었을 거라고 생각한다.

셋째, "걷는 발의 뒤꿈치에서 생각이 나온다."라는 말이 있다. 물론 어떤 운동이든 꾸준하게 하는 것이 중요하지만 걷는 운동은 많은 생각을 편안하게 할 수 있어 뇌의 기능에 많은 도움을 준다고 한다. 그래서 뇌과학자들이 알츠하이머 등 뇌 질환자들을 상대로 연구한 결과 뇌세포 사이의 뇌 신경세포의 상실이 가장 컸다고 한다. 이는 절대적으로 운동 부족의 영향이 크다는 것이다. 그럼 뇌 건강에 좋지 않은 사례를 보면,

첫째, 과도한 스트레스와 우울한 마음을 빨리 극복하라는 것이다. 똑같은 결과에 대하여 어떤 사람은 세상을 다 잃은 듯 온갖 인상을 쓰면서 부정적으로 받아들이며 사소한 일에 집착하는 사람이 있고, 어떤 사람은 실패의 원인을 분석하고 반성하며 반전의 기회로 삼아 긍정적으로 받아들임으로써 빠르게 스트레스를 극복한다. 그래서 긍정적인 사람은 밖으로 나타나는 표정 또한 여유가 있고 같은 실수를 잘 하지 않는다.

둘째, 음식은 행동에 관한 정보다. 우리가 먹는 음식 중에 일부는 앞이마 겉질에 접속하는 능력을 위협한다. 그중 가장 위험한 음식은 달달하고 정제된 탄수화물의 함량이 높은 식단이다. 뇌졸중, 심장질환, 당뇨 등에 걸릴 확률을 증가시키며 많은 건강 문제와도 관

련이 깊다. 당분이 높은 음식을 암세포가 가장 좋아하기 때문이다.

셋째, 뉴스 속보가 뇌를 망가뜨린다. 올해 초 야당 대표가 부산에서 피습을 당하였고, 어제는 국회의원이 15세 된 청소년에게 피습을 당하는, 정말 믿기지 않는 일들로 인하여 국민들은 많은 스트레스를 받고 있으며 방송 등 언론매체에서 이를 무작위로 보도하면서 이후 모방범죄까지 예상되고 있다. 또한 남북관계에 대한 뉴스 보도는 뇌를 마비시키는 것 같다. 우리 민족은 5,000년 단일민족임에도 분단의 역사가 너무 길다. 정말 슬픈 일이 아닐 수 없다. 권력자 자신들만 욕심을 내려놓으면 8,000만 우리 민족의 한이 풀릴 것이고 정말 모두가 행복하고 부강한 나라가 될 수 있는데 이념과 정쟁의 분단국가의 현실… 어떠한 경우에도 인간은 신이 될 수 없음에도 자신을 신격화하면서 권력을 세습하려는 사람, 그리고 오로지 입신양명의 사리사욕으로 가득 찬 사람, 선민의식에 사로잡혀 타협하지 못하는 사람, 도대체 우리 민족은 왜 그럴까? 정말 자신의 모든 것을 내려놓고 정파에 휘말리지 않고 오로지 국가와 국민을 위하여 자신의 모든 것을 희생시킬 수 있는 사람, 우리 민족이 큰 위험에 처했을 때 죽음을 두려워하지 않고 자신의 하나밖에 없는 목숨마저 내놓고 칠흑 같은 어둠 속에서 왜적과 싸우며 우리 민족의 영원한 등대가 되었던 이순신 장군 같은 제2의 민족의 영웅이 빨리 나왔으면 좋겠다. 만약 자신의 권력을 내려놓고 이념을 넘어 우리 민족의 평화통일에 기여하는 사람이 생긴다면 이는 정말 한민족의 영웅이 될 것이며 그의 업적은 우리 민족의 가슴에 영원히 살게 될 것이다. 물론 보통 사람이라도 기득권을 내려놓기란 쉽지 않은 것은 사실이다. 그러나 우리 민족 8,000만의 염원임을 생각할 때 모든 것을 내려놓을 줄 아는 사람이 나온다면 그는 이순신 장군에 버금가는, 아니 더 위대한 한반도의 영웅이 될 것이다. 그리고 세계의 외신들은 한반도에서 전쟁 대신 평화로 통일되었다고 대서특필할 것이고, 지구촌 역사의 평화와 대화합의 시발점이 될 것이며, 우리나라의 국가 위상은 치솟을 것이고, 관광, 무역, 자원, 인력창출 등 경제적 시너지 효과가 높아질 것이며 무엇보다도 안전한 국가로 거듭나게 되면서 외자 유치가 크게 확대될 것이다. 정말 자신의 욕심을 내려놓고 조국을 사랑하는 몇 사람의 강한 의지만 있어도 못할 일도 아닐 텐데… 이런 것들을 생각하는 이 순간에도 안개 속 현실에 속이 타들어 가고 안타까운 마음에 벌써 머리가 뜨거워지고 지근거린다. 누군가 이런 생각을 하는 사람에게 혹여 망상가니 몽상가니 비난하지 않을까 걱정하는 나 자신이 부끄럽다. 이럴 땐 스트레스를 받지 않기 위해서 빠른 생각의 전환이 필요하다. 나는 경찰관에 입직한 후 오래전부터 지인들에게 퇴직 전에 내 평생소원으로 금강산에 있는 경찰서에서 근무 한번 하게 된다면 죽어도 원이 없겠다고 여러 번 말한 적이 있다. 이제 1년 남짓 남은 시점에서 말년을 그곳에서 경찰 인생을 마칠 수 있다면 나의 경찰 인생에 마지막 축복일 텐데… 생각만 해도 꿈만 같고 마음이 설렌다.

넷째, 저녁식사 이후에는 스마트폰을 보지 마라. 대부분의 사람들은 하루 일과를 스마트폰, 컴퓨터와 시작하고 하루 일과를 이것들과 함께 종료한다. 그럼에도 불구하고 퇴근 후에도 일과 중에 고생한 뇌의 보상회로를 지속적으로 활성화한다. 어떻게든 네트워크를 통하여 세상과 연결된 기분을 느끼려 하지만 막상 원초적 자신으로부터는 단절되어 사는 데 익숙해져 있다. 마치 브레이크가 고장 난 스포츠카처럼 달린다. 그래서 하루 일과 중 적어도 저녁 식사 이후만큼은 모든 업무에서 벗어나 편안하게 자신과 소통하고 자신의 가족에게 시간을 같이하여 자신과 가족이 함께 힐링하는 시간이 필요하다. 그리고 적당한 운동과 편안한 음악감상 등으로 하루를 마무리하고 최소한 밤 11시에는 잠을 푹 잘 수 있는 환경을 만들어야 한다. 어느 의학박사의 연구 논문발표에 의하면 밤 11시에서 새벽 1시 사이에 면역세포가 가장 활발히 활동을 하기 때문에 이 시간에 가장 깊은 숙면을 취하는 것이 좋다는 것이다. 이 면역세포는 우리 몸의 수호신이다. 이 수호신 덕택에 우리가 다소 몸에 해로운 바이러스나 질병들이 번식하더라도 이를 제거하고 극복할 수 있는 것이다. 만약 우리에게 면역세포가 없었다면 거의 사람들은 제대로 살 수가 없을 것이다. 그만큼 우리는 면역세포가 활동을 잘할 수 있도록 환경을 만들어 주는 데 노력해야 한다. 우리는 때론 몸에 이롭지 않은 음식을 섭취하거나 좋지 않은 생활습관과 바쁘게 사회생활을 하다 보면 어쩔 수 없이 몸에 해로운 행위를 하는 경우가 많다. 시간을 쪼개서 인스턴트 음식을 먹어야 할 때도 있고, 직장 내 회식자리에서 술을 한 잔씩 해야 할 때도 있을 것이고 모임에서 늦게까지 자리를 지켜야 할 때도 있다. 그러나 어떤 경우에도

촛불 하나

어느 정도는 절제된 자기 관리를 위한 마음가짐이 필요한 것이다. 그것은 자신의 면역세포가 활발하게 활동할 수 있는 환경과 시간을 주어야 하기 때문이다. 그리고 사람이나 동물이나 나이가 들면 면역세포의 활동이 줄어들어 면역력이 떨어지게 되어 많은 질병에 노출되기 쉬운 것은 어쩔 수 없는 자연현상이겠지만 그것을 우리가 예방하고 늦추도록 이를 잊지 않고 노력한다면 극복하지 못할 이유도 없을 것이다. 또한, 젊은 사람들은 더 건강한 뇌를 소유하기 위하여 나름대로 자기만의 원칙을 지키며 스트레스를 받지 않고 즐겁게 살려고 노력한다면 뇌의 신경전달물질인 신의 선물인 엔도르핀과 도파민이 더 많이 방출되어 삶이 더욱 의욕적이고 건강해짐으로써 삶의 질 또한 더욱 활달하고 향상될 것이다.

한반도

백두산아 지리산아 우리는 왜

백두대간 맥을 따라 올라가지 못하나?

임진강아 한강아 우리는 왜

하나의 물길 따라 내려오지 못하나?

우리 민족 팔천만의 염원

우리 민족 팔천만의 희망

우리는 하나~~ 우리는 한민족~~

우리는 무엇을 위하여 싸워야 했는가

우리는 누구를 위하여 싸워야 하는가

어느 누가 우리의 터전을 갈라놓았나

어느 누가 우리의 정신을 갈라놓았나

우리 민족 팔천만의 염원

우리 민족 팔천만의 희망

우리는 하나~~ 우리는 한민족~~

한반도의 전쟁은 누구도 승리자가 될 수 없어요

그것은 동포의 심장을 찢어놓을 악마의 선택

이제는 모두가 손잡고 미래로 함께 가야 할 시간

후손에게 더 이상 분단의 아픔을 주지 말아요

우리 민족 팔천만의 염원

우리 민족 팔천만의 희망

우리는 하나~~ 우리는 한민족~~

〈이 글을 쓰게 된 이유〉

한반도의 척추인 백두대간이 철책에 의해 반으로 잘리어 올라가지 못하고 한반도의 물줄기 임진강과 한강은 한줄기로 흘러오는데 뱃길은 막혀 내려올 수 없음이 너무나 안타깝게 생각되어 이 글을 썼습니다. 부디 한반도의 평화통일이 성사되어 한민족 모두가 행복해지는 자유의 나라가 되길 염원합니다.

'엘 콘도르 파사'를 들으며

나는 황금보다 반석 되리라 구세주 예수님 영원하리라
나는 사자보다 양이 되리라 구세주 예수님 영원하리라
인간의 욕심 사하시사 십자가 못 박히신 주 예수님의
거룩한 사랑은 끝이 없어 끝이 없어 끝이 없어라

나는 무기보다 꽃이 되리라 우리 주 예수님 찬양하리라
나는 위선보다 침묵하리라 우리 주 예수님 찬양하리라
인간의 죄를 사하시사 십자가 못 박히신 주 예수님의
거룩한 사랑은 끝이 없어 끝이 없어 끝이 없어라

　고등학교를 기독교 미션스쿨에 다니던 시절 마이마이로 사이먼 & 가펑

클의 '엘 콘도르 파사(철새는 날아가고)'라는 노래를 많이 들었던 생각이 납

니다. 마음이 산만할 때나 외로울 때 많이 듣던 노래라서 자주 듣다가 우연

히 노랫말을 붙여보았습니다.

무상(無常)

바람이 있기에 꽃이 피고

꽃이 져야 열매가 맺거늘

모든 것은 자연의 시간인지라

떨어지는 꽃잎을 보며 슬퍼 마라

저 깊은 숲에 외로이 우는 두견새야

철새 떠난 자리 그리워 마라

숲에 어둠이 지나가야 새날이 오느니

가고 오는 것에 대하여 연연하지 마라

촛불 하나

인생은 희극도 비극도 큰 의미가 없고
산다는 것에 어떤 이유도 없음이니
새벽녘 매서운 겨울바람을 헤치고
떠오르는 태양을 담아 화초에 물을 준다

촛불 하나

초판 1쇄 발행 2024. 8. 15.

지은이 김민식
펴낸이 김병호
펴낸곳 주식회사 바른북스

편집진행 황금주
디자인 한채린

등록 2019년 4월 3일 제2019-000040호
주소 서울시 성동구 연무장5길 9-16, 301호 (성수동2가, 블루스톤타워)
대표전화 070-7857-9719 | **경영지원** 02-3409-9719 | **팩스** 070-7610-9820

•바른북스는 여러분의 다양한 아이디어와 원고 투고를 설레는 마음으로 기다리고 있습니다.

이메일 barunbooks21@naver.com | **원고투고** barunbooks21@naver.com
홈페이지 www.barunbooks.com | **공식 블로그** blog.naver.com/barunbooks7
공식 포스트 post.naver.com/barunbooks7 | **페이스북** facebook.com/barunbooks7